金庸的江湖師友——影視棋畫篇

心一堂 金庸學研究叢書 来進根系列

書名：金庸的江湖師友——影視棋畫篇
系列：心一堂　金庸學研究叢書
作者：蔣連根
責任編輯：心一堂金庸學研究叢書編輯室
封面設計：陳劍聰

出版：心一堂有限公司
通訊地址：香港九龍旺角彌敦道610號荷李活商業中心十八樓05-06室
深港讀者服務中心：中國深圳市羅湖區立新路六號羅湖商業大厦負一層008室
電話號碼：（852）90277110
網址：publish.sunyata.cc
電郵：sunyatabook@gmail.com
網店：http：//book.sunyata.cc
淘宝店地址：https：//shop210782774.taobao.com
微店地址：https：//weidian.com/s/1212826297
臉書：　https：//www.facebook.com/sunyatabook
讀者論壇：http：//bbs.sunyata.cc

版次：二零二零年四月初版

平裝

定價：港幣　　一百四十八元正
　　　新台幣　五百九十八元正

國際書號　978-988-8583-31-7

香港發行：香港聯合書刊物流有限公司
香港新界大埔汀麗路36號中華商務印刷大厦3樓
電話號碼：（852）2150-2100　傳真號碼：（852）2407-3062
電郵：info@suplogistics.com.hk

台灣發行：秀威資訊科技股份有限公司
地址：台灣台北市內湖區瑞光路七十六巷六十五號一樓
電話號碼：+886-2-2796-3638　傳真號碼：+886-2-2796-1377
網絡書店：www.bodbooks.com.tw
台灣秀威讀者服務中心：
地址：台灣台北市中山區松江路二0九號1樓
電話號碼：+886-2-2518-0207
傳真號碼：+886-2-2518-0778
網址：www.govbooks.com.tw

中國大陸發行 零售：深圳心一堂文化傳播有限公司
地址：深圳市羅湖區立新路六號羅湖商業大厦負一層008室
電話號碼：(86) 0755-82224934

心一堂微店二維碼

心一堂淘寶店二維碼

目錄

總序

《詩經》寫道：「嚶其鳴矣，求其友聲。」鳥兒呼叫也是在尋找友誼，何況人呢！何為「朋友」？就是「同門曰朋，同志曰友；朋友聚居，講習道義」。

莊子講過一則寓言：有兩條魚生活在大海裡，某日，被海水沖到一個淺淺的水溝，只能相互把自己嘴裡的泡沫餵到對方嘴裡生存，這就是成語「相濡以沫」的由來，指的是「少年夫妻老來伴」的夫妻。但是，莊子說，這樣的生活並不是最正常最真實也最無奈的，真實的情況是，海水終於要漫上來，兩條魚也終於要回到屬於它們自己的天地，最後，他們要相忘於江湖。

相忘於江湖，江湖之遠之大，何處是歸處和依靠？人在江湖，總會有許多的無奈、寂寞、冷清。金庸說：「友情是我生命中一種重要之極的寶貴感情。」人生在世，總要或多或少地依靠來自自身以外的各種幫助——父母的養育、師長的教誨、朋友的關愛、社會的鼓勵……所「依」甚廣，所「靠」甚多。

在金庸生命的各個時期，他的身邊總是圍繞着一群人，一群愛他敬他，願意為他無私奉獻，助他一臂之力，在他需要時挺身而出，替他掃平障礙或是進行善後工作的朋友。若是沒有這樣一群鐵桿朋友在身邊，恐怕這個大俠必定當得十分吃力。所以說，金庸的生命離不開他的朋友圈，是一群朋友在背後默默支持他，才讓他成為大俠，在人前光鮮亮麗受人尊重，令人敬仰。也正是這樣一種深厚的情義，才襯托出了大俠的光輝形象。

二十世紀五十年代，在受殖民統治的香港，金庸虛實相間的新派武俠小說大大拓展了香港人閱讀的想像空間，縱深了歷史記憶。武俠行蹤在江南、中原、塞外、大理國、帝都之間鋪展游移；小說裡的人物與思想，在朝與野、涉政與隱退、向心與離心、順從與背叛、大義與私情之間尋求着平衡，思考着普遍的人性和古代歷史的規律。種種時局的因緣際會，在向來被視為「文化沙漠」的香港，開出了一朵絢爛的花。挾一腔豪情，聚千古江山。金庸創造的武俠世界氣勢恢宏、波瀾壯闊，布衣英雄熱血肝膽，重情重義，為國為民，震撼人心！他用豐富的學識和深厚的文化修養，宏大的氣魄和嫻熟的筆法，融歷史傳奇故事，寫華語文化傳奇！讀過金庸作品的人，肯定會在其刀光劍影中體會到友情的濃烈。金庸以生花妙筆描寫了人與人的形形色色的友情，那些路見不平拔刀相助、不打不相識、點頭之交、生死相許、忘年之交、超越性別的知己之交、危難之中的莫逆之交……無一不讓我們深深感動並心嚮往之。那些真情，在關鍵時刻經受住了考驗，變得更加堅不可摧，固若金湯，在經歷了劫難的洗禮後煥發出了人性高潔的光芒。

金庸的武俠小說為什麼能在華人中流行這麼廣泛，影響這麼深遠？究其根本，情節和歷史圖景是一回事，更深層的原因是金庸的武俠小說突出了一個乃至中華民族最關鍵的問題，那就是友誼的最核心問題——義氣！從生死相依到共創江山，從書劍恩仇到武林劍嘯時的惺惺相惜、傾囊相授，這種坦蕩和崇高，讓人看了熱血沸騰，這就是友情加上重義。金庸採取了一個完全不同的角度，他把負面化為正面，他寫神州大地的萬里河山，英雄人物任意馳騁其間，與天下豪傑互相結交，氣味相投，便成莫逆，一同出生入死，共謀大事。生活多麼自由，人生多麼豐富，只要朋友之間有情有義，世上的艱難險詐又有什麼可怕之處？

金庸說：「現在中國最缺乏的就是俠義精神。每個人，都是作為歷史長河中的一名過客，有個小朋友問我，來生願意做男人還是做女人，做郭靖還是做黃蓉？我說，不論做男人也好，做女人也好，都要做一個好人。我的所有作品都是宣揚俠義精神的，本意基本與打打殺殺的『武』無關……我主張現代人學俠義二字，是補課，是主張勇於承擔責任，擁有快意人生。俠義真的是個很遠大很美麗的世界。」「我喜歡那些英雄，不僅僅在口頭上講俠義，而且在遇到困難、危險的時候能夠挺身而出，而不是遇到危險就往後跑，我自己正是這樣努力去做的。遠離危險、躲在後面，這樣卑鄙的人在現實生活中卻有很多。」

金庸在台北參加遠流三十周年的演講時說：「台灣流行崇拜關公，關公的武藝高強沒有話說，但他真正受人崇拜，還在於他講義氣，所以民間社會稱他關公，他的地位和帝王爺同高。義氣在中國社會中是相當重要的品德，外國人和親朋好友講LOVE，中國人講情之外，還講義，所以要有情有義，單單有情是不行的。做生意談不成，沒關係，彼此之間的『義』還是在的，所謂『買賣不成仁義在』。武俠小說不管任何情況，這個『義』是始終維持的，歷史人物或武俠人物，『義』都是很重要的批評標準。」

很多看過金庸小說的人都喜歡去猜測，金庸最像他眾多小說主角的哪一個，是憨厚木訥的郭靖，是飛揚跳脫的楊過，是豪情萬丈的蕭峰，是優柔寡斷的張無忌，還是乖覺油滑的韋小寶……其實，任何一位小說主人公都只是金庸性格的一部分。知遇而知己，是金庸性格的體現。金庸雖然多次老實坦白自己與書中男主角並不相像，「我肯定不是喬峰，也不是陳家洛，更不是韋小寶」，但愛交朋友這一點，倒是毫無二致的。金庸大名滿天下，金庸朋友也是滿天下。

每個人背後都有他的故事，金庸寫的故事已家喻戶曉，而他自己和朋友們的故事，跟他的武俠小說一樣引人入勝。

這就是金庸自個兒的江湖：老師和朋友。——金庸的江湖師友

前言

黃霑給金庸影視劇的主題曲和插曲填了很多首曲詞，金庸認為他成就最高的作品是《笑傲江湖》插曲《滄海一聲笑》。因為有邵逸夫遞話邀請金庸一塊喝茶，金庸武俠電影便開始爆棚，隨之而起的是武俠連環畫。張紀中和董培新，一個拍攝金庸電影，一個畫說金庸漫畫。

金庸武俠小說是愛交朋友的人的小說，友情是金庸的骨幹，愛情只是點綴。金庸再三指出，他的小說的重心是「男子與男子之間」的友情而不是愛情，實在是很有意義的。每個人都需要朋友；缺乏家庭生活的人更加需要朋友；缺乏家庭生活而又活在不安定的環境、不熟悉的社會之中的人怎樣需要朋友，就可想而知了。

金庸筆下的大俠，多是肯為朋友兩肋插刀的重情重義之輩；而金庸本人也是廣交朋友，朋友中除了同在商界拼搏的著名人士如邵逸夫外，還有圍棋對弈中交往的棋界元老，更有愛情以外的異姓朋友……

半個世紀的老朋友
——電影江湖盟主邵逸夫

邵逸夫是享譽世界的香港影視界大亨。二十世紀七十年代，邵逸夫的影視業開拍了一系列金庸武俠劇，開創了香港武俠劇的潮流。

金庸稱邵逸夫為「半個世紀的老朋友」，邵逸夫稱金庸「我的小朋友小查」。兩人的友誼足足延續了半個世紀。

（一）

一九四六年，二十二歲的金庸從杭州到上海，先在東吳法學院插班修習國際法課程，後被錄取為上海《大公報》國際電訊翻譯。他在上海生活了兩年，常去電影院觀看電影，愛看「天一」電影，「天一」是邵逸夫家族在上海成立的影片公司，金庸很喜歡天一的《女俠李飛飛》、《梁祝痛史》、《義妖白蛇傳》和《孟姜女》等黃梅調古裝片。一九四八年秋，金庸第一次結婚，當晚，他和新婚妻子杜冶芬一塊走進靜安區新閘路的西海大劇院，觀看古裝片《珍珠塔》。

一九四六年底，金庸被調派香港《大公報》。邵氏兄弟的「天一影業」也在此時遷往香港，成立了「天一香港公司」，由邵逸夫接掌。

「那時，金庸剛調入《新晚報》任副刊編輯，自己撰寫影人小傳和新片評論，邵氏電影是他評論最多的。有一天，他聽說邵逸夫是個影迷，每天要看幾個小時的電影，最高紀錄一天看九部影片，不但看自己公司出品的影片，也看別人的影片作為借鑑，金庸便打聽了他的住所，不請而至。第二天，《新晚報》副刊「影人小傳」專欄登出一篇《邵氏兄弟與白金龍》的文章，金庸用生花之筆點讚邵逸夫。

一九〇七年，邵逸夫出生於寧波鎮海莊市朱家橋老邵村一個富商家庭。他的父親邵玉軒於十九世紀末前往日趨繁華的上海「淘金」開設「錦泰昌」顏料號。經營有方，生意紅火，在邵逸夫十四歲時病逝。邵逸夫排行第六，故後人稱他為六叔、邵老六。他早年就讀於家鄉莊市葉氏中興學校，後赴上海就學於美國人開辦的英文學校，為此練就一口流利的英語。大哥邵醉翁於一九二四年創辦天一影片公司，開始闖入當時尚屬草創時期的中國電影業。

「天一」成立之初，清一色是家族班底。老大邵醉翁是製片兼導演，老二邵邨人擅長編劇，老三邵仁枚精於發行，老六邵逸夫則擅長攝影。其攝製的第一部影片《立地成佛》放映後，即深受上海市民歡迎，旗開得勝，邵氏兄弟們為之歡欣鼓舞，隨後新影片不斷地從「天一」推出。

一九二六年，剛從中學畢業的邵逸夫，應三哥邵仁枚之邀，南下新加坡協助開拓南洋電影市場，從此與電影業結下不解之緣。那段時間，邵氏兄弟帶着一架破舊的無聲放映機，在舉目無親的南洋鄉村巡回放映，並開設游藝場和電影院。一九三一年，邵逸夫前往美國購買有聲電影器材，途中輪船觸礁沉沒，幸虧其命大，落水的邵逸夫抱着一小塊木舢板，在茫茫的大海上飄泊一夜後終於獲救生還，並從美國好萊塢買回所需的「講話機器」。一九三二年，邵氏兄弟在香港攝製完成第一部有聲片《白金龍》，開創了中國電影從無聲進入有聲的新時代。經過他們的不懈努力，到一九三七年抗戰前夕，邵氏在新加坡、馬來西亞、爪哇、越南、婆羅洲等東南亞各地已擁有電影院一百一十多家和九家遊樂場，並建立了完整的電影發行網，稱雄東南亞影業市場。當時「天一」在上海，邵氏兄弟在南洋，他們南北呼應，分工協作，共同打造邵氏家族的電影王國。一九三七年後，日軍侵華打亂了邵氏影業的發展進程，邵氏慘淡經營，艱難度日，後來更是難以為繼，被迫關門了事。一九四五年抗戰勝利後，正當盛年的邵逸夫決心重振邵氏家業……

《邵氏兄弟與白金龍》署名「姚馥蘭」，為金庸筆名，是英文「你的朋友」的音譯。

沒有寫進稿子的是邵逸夫改名字的故事：他原名叫「邵仁楞」。在他的老家浙江寧波，「楞」

這個字用吳儂軟語來說並無不妥，不過換成其他方言，多少有些不雅。邵逸夫很想改名字，但是父親給兒子取的名字是不能改的。最後他只好在別號上動腦筋，給自己取了個很雅緻的字，「逸夫」。邵逸夫跟金庸解釋：「寧波人從小立志要做大事，頭等大事就是經商，一身從商，終身忙碌。取這個名字是希望自己以後能鬧中取靜，忙裡偷閑，安然渡過一生。」對了，他的三個哥哥的別名也很別緻，分別是：醉翁，邨人，山客。

初到香港，邵氏的發展並不順利，遭「電懋」和「長城」兩大電影公司夾擊。一九五七年，邵逸夫從新加坡回到中國香港，以三十二萬元買下清水灣地皮，興建邵氏影城，成立了「邵氏兄弟（香港）有限公司」，開始在香港製作電影，邵逸夫任總裁。

這時候，金庸離開《新晚報》在長城電影公司當編劇，曾寫出《絕代佳人》、《蘭花花》等電影劇本。

有時，邵逸夫晚上有空，還會自己開了車到街頭的電影院去買票看電影。其實，他不光為了看電影，還注意看觀眾的反應。好的電影和差的電影，他同樣注意看，因為他要了解，好電影究竟是怎樣好法，而差電影又差在哪裡。所以，他看每一部影片都是認認真真從頭看到尾，瞪大眼睛注意銀幕上的每一個細節。這個愛好和習慣跟金庸差不多，有幾次，金庸與他在影院門口相遇，見面一聲招呼後就互相不搭腔了。[1]

邵逸夫每天至少要看兩三部電影，最高紀錄一天曾經看過九部電影。如果以每部電影放映的時間平均為一百分鐘計算，那麼九部就是九百分鐘，就是十五個小時。這種工作時間與強度，是一般人無法負荷的。我們平常人看電影，是一種享受，一種消遣，或是一種休息，一種放鬆。而對邵逸夫來說，這是一種工作，一種決策的過程。而且邵逸夫看電影是什麼片都看，國語片、粵語片、美國片、日本片、印度片、法國片、英國片、意大利片等。他通過觀看這些影片，去了解影業的行情，去研究觀眾的品位，明白人家的優勢與劣勢，發現一些新的構想與風格，進一步去引導觀眾。

有一天，邵逸夫正在自家的樣片室看樣片，金庸有業務上的事情找來了，看他沒閑着，樣片又是他從沒看過的電影，便悄悄地坐在他前面很遠的座位上，一邊看電影，一邊等待。沒想到，此舉讓邵逸夫很冒火，關了放映機，找來開門的秘書狠狠責備了一頓。原來，他看樣片時，不喜歡有人來打攪，也不喜歡有人坐在他的前面。此事發生後，有一段時間，金庸不敢主動求見邵逸夫。直至幾個月後，金庸執導兩部電影，邵逸夫主動邀他來「兄弟」公司敘談。

① 胡塗《電影皇帝邵逸夫》，《百度傳課》第四十五期，二〇〇六年一月。

進入六十年代後，邵氏公司長期稱雄香港市場，曾拍攝過一千多部電影，獲得過金馬獎、金像獎等幾十項大獎。據說最盛時，每天有一百萬觀眾光顧他的影院。其中《江山美人》、《貂蟬》、《傾國傾城》、《梁山伯與祝英台》等影片都曾享譽海外，在華人世界掀起黃梅調狂熱，而《大醉俠》、《獨臂刀》、《天下第一拳》更掀起功夫片新狂潮，傾倒無數觀眾。

就在此刻，金庸的武俠小說應運而生。

金庸訪問浙江大學時回憶過一件事：那是一九七四年，李小龍演的電影很風行，可內地沒有，毛澤東想看，文化部分管電影的劉慶棠通過邵氏公司的律師向邵逸夫借影片。當時邵逸夫和內地沒有什麼聯繫，聽說內地要借影片，吃了一驚，以為內地要批判他的電影。他打電話問金庸，金庸安慰他說：「怕什麼啊，現在尼克松都到了北京，你為什麼不能夠以電影為紐帶，和北京搞好關係呢？」聽了金庸的話，邵逸夫將李小龍主演的電影《精武門》、《猛龍過江》、《唐山大兄》一路快件寄往北京。毛澤東一邊看，一邊鼓掌：「功夫好！打得好！」①

① 覃煒明《毛澤東跟香港借影片看》，《羊城晚報》，二〇一二年五月二十三日。

（二）

一九六六年，邵氏出品第一部武俠片《大醉俠》，口碑雖然不錯，但票房不是很理想。對於票房如此看重的邵逸夫並沒有為此失去信心。一九六七年，他請來當時還默默無聞卻才氣膽識過人的年輕導演張徹、著名的武師劉家良、唐佳等人前來助陣。果然，一九六七年張徹為邵氏拍攝的第一部武俠片《斷臂刀》異軍突起，轟動整個香港，儘管當時正值全港大罷工，但上映一周票房便輕輕鬆松突破一百萬元，刷新了香港電影史的票房記錄。影片在台灣上映也大受歡迎。

其實，影片《斷臂刀》巧妙地借用了當時金庸《神鵰俠侶》中楊過斷臂的創意，融合張徹陽剛的美學風格，以末路英雄反抗命運的故事，引起了觀眾的共鳴，影片的格式設定，武打設計打破了傳統的武俠片的套路，也從此開創了香港武俠片新局面。

一九七六年，楚原執導改編自古龍小說的武俠電影《流星蝴蝶劍》、《天涯明月刀》大受歡迎，與此同時，佳視製作的金庸武俠電視劇《射鵰英雄傳》也家喻戶曉，由此便掀起影視界爭拍武俠電影的風潮。邵氏眼見古龍武俠片大賣，遂決意開拍武俠盟主金庸的系列作品，開篇之作便是由張徹執導、倪匡編劇的《射鵰英雄傳》。隨後，《射鵰英雄傳》、《神鵰俠侶》、《俠客行》、《飛狐外傳》和《碧血劍》等電影相繼問世。

當時，電影業開始走下坡，受到來自電視的威脅和挑戰，精明的邵逸夫立即收縮電影業務，轉而投入無線電視。

金庸的朋友、著名導演張徹在邵的手下工作過，他寫的書中回憶說：「邵逸夫當年治事之勤，是我生平罕見，他坐的勞斯萊斯是名貴豪華的車，車裡有酒吧，他改裝成小型辦公桌，連途中的時間都不浪費。與他相比，金庸的工作、生活顯得悠閑得多，邵逸夫常邀我一塊去他家品茶，下棋，邵還送過一套精美茶具給金庸，我也用過，是邵從日本帶回來的。」①

一九七九年六月底，邵逸夫遞話邀請金庸到單眼佬茶社喝茶。兩位大亨一見面就聽邵逸夫長吁短嘆，大倒各種苦水，什麼員工提議增加薪水，什麼經常有人請假去看心理醫生之類的。

絮絮叨叨地了半天後，邵逸夫問：「小查啊，現在任何一家企業都是麻煩不斷，我怎麼感覺你的《明報》沒有受到任何影響啊？」

「怎麼沒有影響？」金庸笑着一邊給邵逸夫斟茶，一邊說道：「六叔，只不過我早在幾年前就開始準備應對方案，那時候我可不像六叔你家大業大，只好採取笨鳥先飛的策略一點點地向前趕。」

這個清瘦的寧波男人邵逸夫恍然大悟，想當初金庸以《明報》記者身份訪問台灣回來，不止

① 張徹《張徹回憶錄．影評集》，香港電影資料館，二〇〇二，第六十三頁。

一次提醒過他，香港電影市場將面臨蕭條，應早做準備轉向內地市場，但因自己對內地沒有抱太大的希望，反而錯失了一次次的機會。邵逸夫這才有點亡羊補牢的覺悟，苦笑着嘆口氣說：「真羨慕你的高瞻遠矚，將武俠小說的市場搬向了台灣，又對着了大陸內地人的口味，哎，小查，如果說六叔現在想搭上你的末班車，不知道還有沒有機會？」

「六叔指的哪方面？」金庸端起茶水喝了一小口，笑吟吟地說道：「是電影還是電視方面？」

「當然是電影電視全要了！」邵逸夫嘟囔道：「你不是不知道我早就想拍你的武俠電影了，連李翰祥也被我請了回來。」

金庸早等着他說出此話，過去他憑借《明報》推出武俠小說，如今欲將武俠小說打進內地，靠幾份報紙是沒啥大作用的，只有依靠電影去開拓內地這個大市場了。他只是點點頭說：「電影方面你有能力去做，電視方面有潛在的大市場，畢竟我跟邵氏合作了許多年，我不能坑了你。」

邵逸夫面露喜色，端起茶壺給金庸斟茶：「你已經將小說的改編權給了我，除了拍電影，我還想引進到無線電視，可以嗎？」

「呵呵，看來大亨還是屬你的了。」金庸聳聳肩說：「既然六叔你做的主，我們還是按照老規矩來辦吧。」一九七八年拍《射鵰英雄傳》電影，金庸給了個人情價，只拿很少的錢。

「按照市場價吧，否則你太吃虧了。」邵逸夫搖頭說：「你能交給無線來播放已經很給我面子了，我不能不知足。」

金庸聞言微微一笑，邵逸夫也跟着笑了起來。

當時電視劇的市場行情是一集一萬港元，《射鵰英雄傳》總共六十集，邵逸夫痛快的將六十萬港元一次性轉賬到金庸的戶頭上。①

一九八〇年，邵逸夫以最大的私人股東身份出任香港「無線」董事局主席，隨後他集中力量經營所屬的電視明珠台和翡翠台，將「邵氏影城」的明星和香港演藝的精英都網羅到門下，使「無線」製作的高水平高質量的電視劇集紛紛出籠，收視率急劇上升，壓倒其在香港的競爭對手「亞視」，雄視港島，影響擴及中國大陸、澳門、台灣乃至世界各地華人社會。

《鹿鼎記》是金庸的封筆之作，金庸說他自己的作品中最喜歡的就是《鹿鼎記》，最喜歡的人物就是韋小寶。邵氏電影公司由華山導演了電影《鹿鼎記》之後，香港無線推出了四十集和四十五集的兩個電視劇版本，由梁朝偉和陳小春飾演了這兩個版本的韋小寶。

由鄭少秋飾演陳家洛的六十集電視劇《書劍恩仇錄》，雖然那時服裝、武打設計都比較粗糙，

① 李然《掌控無線四十六年》，香港《香港星島日報》，二〇一一年十二月八日。

但王牌大姐汪明荃扮演的霍青桐、余安安扮演的香香公主還是給人留下了深刻的印象，在香港播映時收視極高。

一九八三年，翁美玲主演電視連續劇《射鵰英雄傳》，轟動華人世界。劇中她扮演冰雪聰明卻又刁蠻任性的小魔女黃蓉，成為銀幕上永恆的經典。憑着俏麗的外型和出眾的演技，她將俏黃蓉這個角色演得活靈活現，也讓她的演藝事業達到巔峰。

作為該劇的靈魂人物，黃蓉一角的人選在當時被視為全劇成敗的關鍵，無線為此舉行了一個「理想黃蓉」的千人海選，翁美玲也是參選的新人之一。關於翁美玲的勝出，比較平淡的說法是她順利通過了「千進八」、「八進五」、「五進一」三輪海選，最後以絕對優勢獲得了評審團的認可。還有一種比較生動的說法：在最後一輪海選中，聰明的翁美玲換上了戲裝，折了一枝柳條在手，以一個漂亮的側翻落在金庸面前，抱拳施禮道：「桃花島主之女黃蓉，拜見金大俠！」抬起頭來，英姿俏麗的面容和明艷無雙的眼神讓金庸眼前一亮，當即拍板：「這就是我要找的『黃蓉』！」

《射鵰英雄傳》播放倒計時一個月，邵逸夫找上了金庸。

「小查，你別閑着啊，趕緊舉辦個現場簽書會什麼的，把《射鵰英雄傳》的封面都換成電視劇版，從電視劇裡選幾個有代表性的插圖出來，這樣一來不就是加強金裝版出爐了嗎？」

金庸聞言拍案叫絕：「這個方法大好，我這就安排出版社辦理。」

在商言商，金庸認為邵逸夫出的主意絕對可行，要知道自從金庸封筆之後，他的小說銷量開始呈現滑落的趨勢，雖然幾部電視劇在某種程度上對小說銷售有提高，但絕對沒有邵逸夫這一次搞得聲勢浩大，確是一個再掀武俠小說熱的時機。

果不其然，金庸親自盯着出版社忙活了一周，一千冊加強精裝版《射鵰英雄傳》全新上市，精裝版共分六冊，六冊封面分別印有翁美玲與黃日華、苗僑偉與楊盼盼、劉丹和曾江等人的照片，書中插畫不下二百餘張，每張都是從電視劇中截取的精美照片。

為了配合這次簽書行活動，邵逸夫讓劇中主演翁美玲、黃日華、苗僑偉、楊盼盼到現場，與金庸同台簽售，一千冊書籍上市當天被搶購一空，樂得金庸前仰後合，也累得四個主演不停搖手腕子，簽名簽得手腕酸疼得很。

「不要叫苦，不要叫苦，今晚我請大家去萬壽宮吃飯。」金庸見狀忙承諾道。

儘管如此，翁美玲一開始依然飽受質疑，直到《東邪西毒》的開播在全港掀起收視狂潮之後，翁美玲才得以翻身，成為外界矚目的焦點人物。由於該劇是邊拍邊播，受到觀眾意願影響的製作團隊給了翁美玲更多表現的機會，當《華山論劍》主題歌《世間始終你好》唱到街知巷聞時，翁美玲已一躍成為無線的阿姐級花旦了。

邵逸夫創辦的TVB在二十世紀八十年代的香港是一個獨特而又獨立的存在：私人出資，不涉及集團利益，保持政治中立，新聞勁爆，綜藝多樣，劇集貼近港人生活。

緊接着，TVB版《射鵰英雄傳》被第一次引入內地電視台，一時間翁美玲、黃日華成為最炙手可熱的明星，凡是有電視的人家每晚必人頭攢動。正是這套劇集，金庸的名字第一次為內地讀者熟悉，TVB自製劇也開始風靡內地。

（三）

二〇〇四年九月二十三日晚，一個極具意義的會面在九寨溝出現，邵逸夫和金庸，一個是香港電影業大亨，一個是中國武俠小說泰斗，這兩位充滿傳奇色彩的老人在九寨天堂酒店「秉燭夜談」。

邵逸夫和夫人方逸華一行剛剛在鳳凰古城參觀考察，後又奔赴九寨。晚七點多，邵逸夫坐一輛中巴車抵達，因為年事已高，腿腳不方便，工作人員專門為他準備了一個三十厘米高，用紅地毯裹着的踏板，用於下車。下車之後，甘孜州有關領導給邵逸夫獻上一條黃色的哈達，表明迎接最尊貴的貴賓。

邵逸夫穿黑色外套，戴金邊眼鏡。雖然酒店方在門口為邵逸夫準備了兩個輪椅，但他沒有接受這個建議，決定自己走進去，隨後走進酒店大堂。因為酒店裡有許多台階，畢竟年事已高，邵逸夫只好不再堅持，讓隨行人員取出自備小巧輪椅，鋪上隨身攜帶的一個墊子，乖乖地坐在輪椅上。

金庸前一日晚下榻酒店後，得知老友邵逸夫將飛抵九寨，非常高興，表示：「我們是老朋友了，在九寨溝這麼美的地方與老友相見，很有意義。」據了解，兩人住的都是豪華套房，房間號一樣，只是樓層不同，一個樓上一個樓下。

邵逸夫抵達酒店後，得知金庸也在此下榻，表達了想與金庸見面的願望，兩人的會面初步安排在晚上。

遊覽過九寨美景後，主辦方晚上專為金庸一行安排了豐富多彩的歌舞晚會，金庸因要等着晚上與邵逸夫會面，加之邵逸夫第二日一早要外出，怕錯過兩人的見面，金庸沒去看演出，特意留在酒店。

當金庸在房中耐心等待時，未料，由於負責聯繫的有關人士安排不周，並未將金庸已在房中等待的消息傳遞給邵逸夫方面。邵逸夫以為金庸去看演出，隨即早早休息了。金庸見無人通知，也去睡覺了。等看演出的一行人回來後，才有人通知金庸：邵逸夫已經休息。

聽說邵逸夫已經睡覺，一向溫和的金庸着急了：「約的是八點鐘見面，怎麼可以遲到呢？難道他在政府任職，就可以不遵守約定了嗎！」說着更加氣憤，拄着拐杖徑直闖到房間門前，拎起拐杖「乒乒乒」地開始砸門。

「你這是幹什麼？」查太太追趕上去，但當時的情勢，連她也攔不住。

邵夫人來開了門，金庸怒氣不減：「是他約的八點見我的。」

邵夫人見狀忙請金庸坐下，「我去叫他起床。」

不一會兒，邵逸夫起身過來見面，而金庸瞬間轉怒為喜：「邵先生，見到你很高興。」

「我有一套家傳的方法，是長壽的秘訣，等我回香港教你。」

「好，等回香港我去找你。」

「好，咱們香港見。」

沒有握手，也沒有擁抱，一切都是老朋友串門似的隨意，談話內容也就是朋友間拉拉家常。金庸滿面春風地出了房門，而與邵逸夫談話的整個過程不超過五分鐘[①]。兩位大家的見面，竟是這樣的風範。

幾日後，香港以及全球眾多「TVB迷」又看見邵逸夫和金庸一同出現在無線電視台一年一度的台慶夜裡。邵逸夫左右各伴一個如花似玉的新晉港姐。他呵呵地笑着，拍拍劉德華的手，讓汪

① 張心羅《金庸會見邵逸夫　關起門說悄悄話》，《天府早報》，二〇〇四年九月二十四日。

明荃當眾親吻，或被周潤發尊稱一聲「六叔」。

邵逸夫成為香港娛樂圈的「造星人」，一九七一年倡導開設了無線藝員訓練班，成為整個香港演藝圈的「黃埔軍校」，輸送了大量中堅人才，至今在圈內呼風喚雨的周潤發、周星馳、梁朝偉、劉德華、郭富城、劉嘉玲等巨星，以及現在已晉升為國際級的大導演杜琪峰等都是該訓練班的得意學生。一九七三年創辦「香港小姐」競選，趙雅芝、張曼玉、李嘉欣、鄺美雲、袁詠儀、陳法蓉、郭靄明、郭可盈、佘詩曼、郭羨妮等「港姐」都通過選秀活動脫穎而出。

在邵逸夫的傾力打造下，TVB出品了眾多令觀眾難以忘懷的經典作品。從《萬水千山總是情》、《上海灘》、《射鵰英雄傳》到《大時代》、《創世紀》，從周潤發到黃日華、劉德華、梁朝偉、苗僑偉、湯鎮業「五虎將」，一九八〇年代的TVB，在邵逸夫帶領下，群星閃爍。而一九九〇年代，TVB製作「勁歌金曲」，他更是慧眼識珠點名力捧黎明、郭富城、張學友、劉德華為「四大天王」……

一九八五年一月，邵逸夫以「邵氏基金會」的名義一次捐款一億零六百萬港幣，浙江大學作為受益者之一，在風景秀麗的玉泉山風景區還修建了一座科學館，命名為「邵逸夫科學館」。金庸則是浙江大學人文學院名譽院長。

一九九〇年六月，南京紫金山天文台發現的一顆小行星被冠名為「邵逸夫星」。二〇〇一年七月，國際小行星中心將一顆小行星命名為「金庸星」。

二〇〇一年，香港曾評出「十大臉面」人物，其中就有影視大亨邵逸夫和文俠金庸。

二〇〇七年四月十六日，邵逸夫和金庸一同出現在香港電影金像獎頒獎典禮現場，大會為邵逸夫頒發了「世紀影壇成就大獎」，以表彰他對香港電影所做出的巨大貢獻。金庸這樣評價老朋友：「這個獎項對這位百歲老人來說，是當之無愧的。他不僅主宰了一個影壇時代，也建立起一個昔日的電影王國……邵逸夫在中國電影史上寫下了諸多『第一』和『之最』。邵氏家族可以說是中國電影事業名符其實的拓荒英雄，從默片到有聲，從黑白到彩色，從古裝到武俠，中國電影的每一步變遷都有邵逸夫及其家人獻出的心血。香港幾乎沒有人想過誰可以代替邵氏之位而代之，在當時香港民眾眼中，電影即是邵氏，兩者無甚區別。如果把香港電影界比作江湖的話，邵逸夫的大佬地位大概與武林盟主少林寺相彷彿。」①

二〇一四年一月七日早晨，邵逸夫在家人陪伴下在家中安詳離世，享年一百零七歲。友人在悼念文章中說：「金庸刻畫了俠義，而邵逸夫卻用行動證明了什麼才是俠之大者。」

① 周之江《重涉影壇：邵氏地位堪比武學少林》，《明報》，二〇〇八年九月三日。

西施的美麗應該像她
——小龍女原型夏夢

夏夢，一代傳奇女星，有人說她是「金庸的夢中情人」，她的一生走過了八十三個春夏秋冬，曾被譽為香港的奧黛麗·赫本。

「夏夢，多麼優美而動聽的名字，只要一提到她的名字，就會使人自然聯想到莎士比亞的古典名著《仲夏夜之夢》，這樣一個高雅且富有浪漫色彩的名字，是一個名叫『楊濛』的女孩從影之時所起的藝名。」①這段話引自金庸的一篇人物側記。

武俠大師金庸的小說，曾為他挽救過一份危機中的報紙，也曾捧紅過無數明星。在他的小說《射鵰英雄傳》及《神鵰俠侶》中，最讓人印象深刻的有兩位俠女，一是黃蓉，一是小龍女。一個聰明過人，一個隔世如仙，兩個女子同樣的美貌。後來才知，原來這樣神仙似的女子，在生活中是有一個原型的，她就是「長城三公主」之一的香港演員夏夢。

① 金庸《楊濛從影前後》，《新晚報》，一九五六年八月七日。

（一）

青年時代的金庸，興趣極其廣泛，電影即是其中之一。到香港之後，他先在《大公報》屬下的《新晚報》編副刊，當時報上有個「下午茶座」欄目，需要大量的影評得由他自己寫，他幾乎一天看一部電影，以「林歡」和「姚馥蘭」為筆名撰寫的影評也一天天出現在報上。女明星夏夢是他影評中着筆最多的人物。

金庸與電影打交道，就免不了與電影公司常有往來。有一天，長城電影公司老板袁仰安把他請到淺水灣別墅裡聚餐，席間，金庸忽然發現一位清純艷絕的女子，始終靜靜坐在一邊，她就是他早在銀幕上見過多次的著名女演員夏夢。當他第一次在電影院裡看夏夢主演的《禁婚記》時，就已經被這位演技高超、扮相俏麗、內涵豐富的女主角非凡的氣質所感染。而今天當夏夢就坐在自己面前的時候，金庸忽然感到銀幕下面的夏夢，竟比銀幕上的她更為風姿魅人，特別是她那高雅的氣質和謙和的風度，尤為動人。

「金庸先生，這位就是我們長城的大公主夏夢女士！」袁仰安在介紹夏夢時，語氣顯得很是自豪。他告訴金庸說：「夏小姐是上海人，生於知識份子家庭，琴棋書畫幾乎樣樣皆通，她來到香港以後，曾經在瑪利諾英文學院讀書，學校舉行文藝聯歡會用英語演出《聖女貞德》，她主演貞德，獲得了極大成功，所以被我們意外發現，挖進了長城公司。沒有想到夏小姐果然不負眾望，她和韓非聯袂主演的《禁婚記》一炮就打響了。」

夏夢微笑着向金庸致意。金庸禮貌地向她點點頭說：「夏小姐，我們早就在電影裡見過面了，你主演的《禁婚記》的確是一部優秀作品，你演得非常好！」

席間，袁仰安親自為金庸把盞，然後話鋒一轉，切入正題：「今天我讓長城的大公主與你見面，是要請你多多宣傳我們長城，通過報紙讓夏小姐的名氣越響越紅，勞煩你了！」

袁仰安與金庸碰杯：「金庸先生，如果你為夏夢小姐寫一部電影就更好了！」

「寫劇本嗎？我喜歡看電影，可從來不曾動筆『觸電』，這可有點趕鴨子上架了！」金庸謙和地說。

自這次夜宴以後，金庸與長城電影公司的聯繫更加密切了，長城每部新電影拍攝或上映都有金庸的評論或介紹。夏夢主演的《娘惹》和《門》在香港和東南亞上映後，金庸在影評稱她「演技一流，扮相俏麗，在這兩部電影中，夏小姐的表演就顯得更加成熟了」。

不久，一篇《楊濛從影前後》的人物側記刊登在《新晚報》的「下午茶座」，金庸把夏夢曲折的從影經歷寫得繪聲繪色，十分精彩。

金庸寫道，夏夢原名楊濛，藝名靈感來自《仲夏夜之夢》，又因夏天加入長城電影可以圓夢，於是改藝名夏夢。她在一九三三年二月十六日出生於上海，祖籍江蘇，因父母都熱愛戲曲，從小受家庭熏陶喜愛藝術。一九四七年，夏夢隨家人遷居香港，就讀瑪利諾女書院，寫得一手好字與好文。

夏夢是家中長女。原名有着江南女子式軟糯的楊濛濛，後改名為楊濛。五歲的時候，照片就被放到淮海路上的一家照相館裡展出。父母對京劇的熱愛，使她也以此作為自己終生的愛好。十二歲時，她就讀中西女中，在這所培養出宋家三姐妹、以中西文化交融為主的名校里，夏夢不僅飽讀莎士比亞名著，更在學校的文藝演出中屢屢登場，親身演繹莎翁筆下的人物，用英語演話劇《莎士比亞》、《聖女貞德》。少女時讀過的書、演過的劇、唱過的戲，日後都融進她的熒幕角色和真實人生裡。

一九四七年時年十四歲的夏夢，隨家人遷居香港，在和妹妹楊潔一同考入了香港著名的女子學校瑪利諾書院後，她的藝術天分再露鋒芒。出演的英文舞台劇更是讓她一躍成為學校裡眾人矚目的文藝骨幹。當時夏夢家正巧住在香港九龍的嘉林邊道，這裡被稱為香港的好萊塢，往北走就是長城電影公司，長城的片場所在地侯王廟，也是夏夢常走的一條路。

金庸在文章裡說：「西施怎樣美麗，誰也沒見過，我想她應該像夏夢才名不虛傳。」如他所言，夏夢是不折不扣的大美女，外形嬌麗脫俗，聰穎靈慧，嫻雅大方，兼之身材高挑，體態線條優美，氣質不凡，在銀幕上極有光彩，所以在香港大紅大紫，擁有粉絲無數。金庸情不自禁地讚道：「生活中的夏夢真美，其艷光照得我為之目眩；銀幕上的夏夢更美，明星的風采觀之就使我加快心跳，魂兒為之勾去。」長城還有二公主石慧、三公主陳思思，金庸同時為她們主演的影片寫過影評。

金庸還寫過一篇《快樂和莊嚴》，講到一個關於夏夢的有趣的故事：秋冬之際，在一個接待法國電影界朋友的宴會上，有人向在座的著名演員石慧開玩笑說，為什麼只聽見他們說「噢，夏夢，夏夢」，不聽見他們說「石慧」？原來幾位法國人在談話中大讚中國人可愛，而法文中表示「可愛」①這一涵義的詞是 Charmant，發音很像「夏夢」，所以不斷聽到「夏夢、夏夢」之聲。

這段時間，金庸特別忙，除了編報、寫影評，他還當起了長城電影公司的圈外編劇，由他編劇、夏夢主演的電影有《絕代佳人》、《不要離開我》和《三戀》。

《絕代佳人》講的是信陵君竊符救趙的故事，主人公如姬由夏夢主演，金庸量體裁衣地為她塑造了一個耳目一新的古代麗女形象。《絕代佳人》於一九五七年春天在香港上映，繼而在東南亞各國巡映，尤其在祖國內地上映以後，那些對香港電影界還不熟悉的億萬觀眾，就從《絕代佳人》

① 金庸《快樂和莊嚴——法國影人談中國人》，《大公報》〈三劍樓隨筆〉專欄，一九五六年十一月十四日。

這部電影開始熟悉和認識夏夢。

在二十世紀五十年代，夏夢主演的電影《絕代佳人》、《新寡》曾分別獲中國文化部頒發優秀影片榮譽獎及個人一等獎；《故園春夢》、《金枝玉葉》、《三看御妹劉金定》、《王老虎搶親》、《日出》等，都是其代表作。她從影十七年，共拍下四十一部經典作品。夏夢氣質優雅，才藝兼備，是五十年代罕見的全才演員。

在一九五七年中國文化部主辦的一九四九——一九五五年優秀影片授獎大會上，《絕代佳人》獲得優秀影片榮譽獎，金庸得了一枚編劇金質獎章。夏夢作為香港優秀電影人的代表來到北京，受到了毛澤東主席和周恩來總理的接見。

（二）

一九五六年五月一日，金庸和第二任妻子朱玫結婚，婚禮地點就在金庸和夏夢相識的皇家大飯店。那天，夏夢夫婦也來道賀，朱玫第一次見到了夏夢的丈夫林葆誠，林葆誠和夏夢年紀相當，英俊瀟灑，風度翩翩；和金庸的儒雅不同，林先生眉宇間自有一種勃勃英氣，和夏夢當真是人中龍鳳。林葆誠溫文有禮，談笑風生，給所有賓客都留下了很好的印象，只有新郎金庸似有不快，朱玫知道，那是男人的嫉妒。

這年夏天，金庸第二部小說《碧血劍》開始在《新晚報》上連載，這時，他已經由影評家林歡搖身一變成為小說家金庸。緊接着，金庸和梁羽生、百劍堂主在《大公報》開設「三劍樓隨筆」專欄，影評和武俠雙管齊下，金庸的名聲響亮到了家喻戶曉的地步。

業餘寫劇本只是一個序曲。一九五七年初，金庸做出了一個驚人的決定：跳槽當編劇，專職的。「袁老板，既然你多次約我寫電影劇本，這回我打算做專職的，你們要嗎？」袁仰安接電話一聽大喜過望，再次邀請金庸到淺水灣別墅商談。

金庸初進長城仍幹編劇，又為夏夢寫下了《眼兒媚》這個幾近告白的劇本。這個俏皮美妙的名字，成為日後《天龍八部》名種茶花之名。在短短三年，他先後創作了《蘭花花》、《小鴿子姑娘》、《有女懷春》、《午夜琴聲》等電影劇本。

後來，他又躍躍欲試做起導演來了：先是與程步高合作導演了《有女懷春》，後又與胡小峰合導了戲曲故事片《王老虎搶親》。特別是後一部戲，由於風格輕鬆，內容詼諧，由夏夢等明星主演，不僅在當時當地賣座甚佳，而且還在內地贏得了觀眾們廣泛持久的喜愛。

金庸在執導《王老虎搶親》一片時，執意讓夏夢反串江南才子周文賓。主演一個風流才子？

夏夢可是有名的長城花旦啊，麗人俏妝才是她的優勢。夏夢做夢也沒有想到，初次執導電影的金庸竟然做出這樣出人意料的決定。看到夏夢的不快，金庸上前問了她一句：「你不是說過，希望戲路子有個徹底的改變，這是個機會，你想放棄嗎？」夏夢驀然明白金庸的用意，女扮男妝，對於她來說無疑是一次全新的嘗試。

在準備上演金庸這出大戲的時候，夏夢幾乎全然渲染在如何融入新角色的衝動之中。為了拍好這部電影，她開始研究《王老虎搶親》的電影分鏡頭劇本。夏夢這才發現金庸的才華確實過人，他為夏夢塑造的劇中人周文賓是明代著名大學士，她要把這位才子風流倜儻的風度在銀幕上展現出來，非改變以前演女主角的套路不可。

開拍時，新導演金庸手裡拿着劇本，認真地為夏夢講解他對男主角的設想。「夏夢，請你在演戲中一定要忘記自己是個女孩子，只有這樣你才會有所發揮，演好劇中的人物。」

夏夢拍戲時忘記了自己是個女子，卸妝回到生活中，她記住自己早已名花有主，和金庸在一起的時候，儘管勝似友情，絕不能越過情感的界線一步。金庸的超人才氣以及在工作上的出色成績，自然贏得了夏夢對他的極大好感。然而，兩人之間只能「慧劍斷情絲」了。當時，金庸三十三歲，夏夢二十四歲。

夏夢是很傳統的，有着中國女子的貞操觀。一九五四年，夏夢與林葆誠結婚。林葆誠是上海聖約翰大學的學生，雖是從商，卻對藝術有着濃厚的興趣。他是個電影迷，特別愛看夏夢主演的影片。一天，他去看夏夢拍《姊妹曲》，恰巧該片缺一個扮演教師的演員，他就毛遂自薦客串演出，因此與夏夢相識又相愛。

夏夢忠於夫君，對來自四面八方的許多愛慕追求者，都一律冷若冰霜加以拒絕。對於金庸，她主演的《絕代佳人》、《午夜琴聲》等影片是他編劇，對於劇中人物的理解與把握，她需要請教他；而她主演的越劇片《王老虎搶親》又是金庸執導，更需要他與她說戲，表演時作這樣那樣的具體指導，也就是說，她的電影表演事業處處離不開金庸。聰慧的夏夢就採取一種非常友好的態度，與他保持着一種「比愛情少，比友誼多」的情感狀態。

越是這樣，金庸對夏夢越是迷戀，一起工作時，見到夏夢一個微笑都會開心不已。二十四歲的夏夢，外形俏麗，一百七十公分的身高，除了拍戲，還喜唱京劇，還是一名出色的花旦。她戲演得好，文化素質也高，是國語片中十分罕見的全能演員。這樣才貌雙全的女子，怎能不讓原本多情的金庸心生愛慕呢？

據說金庸和夏夢兩人唯一的一次約會，是在一家咖啡館裡。在幽幽的燭光下和柔和的樂曲聲中，金庸和夏夢呢喃私語，頻頻舉杯。那天，他叫她「夏夢」，她告訴他：「我已經結婚，最好叫我林夫人。」

夏夢說：「我在上海長大，我的父親和林葆誠的父親是世交，後來我全家到了香港，我加入了長城電影公司，而林葆誠從上海聖約翰大學畢業後，成了年輕有為的商人。我們青梅竹馬，我卻一直把他當哥哥看待，雙方父母有意撮合，我又非常孝順，就和他訂了婚。然而，追求我的人依然絡繹不絕……」

趁着幾分酒意，趁着令人陶醉的浪漫情調，金庸把埋在心中的情感猶豫再猶豫，還是告訴了夏夢。夏夢聽了非常感動，她說她很敬重金庸的人品，喜歡他的才華，但遺憾的是，有人比他先到，她只能「恨不相逢未嫁時」。

「你是我見過的最有才華的人，從我看到你的第一篇文章起，我就知道，你的前途不可限量。和你相處，我覺得你機智幽默，學識淵博，浪漫感性而又很理想化。我想，每個少女的夢中都有一個這樣的男子吧，你和我有着相同的興趣愛好，在一起談電影，談文學，談藝術，談人生，可以說，你是我這輩子唯一的知己。和你在一起，讓我忘記自己明星的身份，遠離娛樂界的勾心鬥角，變回普通的小姑娘。我同情你被前妻被叛的遭遇，可是，我今天明確告訴你，我是絕不會背叛丈夫移情別戀的，請你原諒我。」

聽着，金庸有些激動，問她：「我還有沒有機會？」

夏夢深情地說：「今生今世你我注定無緣，期盼來生吧！」聽得金庸幾度落淚。

他說：「能不能常常像今天一樣談心？」她說：「你我畢竟曾有過一段　昧，會招人非議的。」

他說：「只要你我問心無愧，又何必在乎別人怎麼看呢？」

她沉思了很久，說了一句：「如果我問心有愧呢？」然後就走了。

金庸從此只把夏夢當作夢中情人，苦苦依戀。在一篇文章中，金庸寫他在巴黎漫步，聽到一種鳥的鳴叫聲如同在喊「夏夢，夏夢」。

（三）

一九五九年，金庸離開了長城影片公司，與中學同學沈寶新合資創辦了《明報》。

不久，夏夢曾有過一次長時間的國外旅遊，金庸在《明報》上系列報道夏夢的遊蹤行跡，而且還開闢了一個專欄——「夏夢遊記」，一連十多天登載夏夢所寫旅遊散文和小說。一份以報道和評述社會大事和世界大事為主的報紙，現在卻為一個女明星開闢專欄，這確實是一個了不起的改革，只不過金庸只對夏夢慷慨。

夏夢在長城接連出演《娘惹》、《孽海花》、《王老虎搶親》、《似水流年》、《禁婚記》、《絕代佳人》等四十多部電影，紅極一時，憑借清純可人的形象，她被譽為「東方的奧黛麗．赫本」。一九七六年，她告別了從影十七年的生活，告別香港，移民去了加拿大定居。

在她遠別去異國之際，金庸又破例把這一件本是很平常的事，一連幾天在頭版頭條位置上，用了很大篇幅詳細作了報道。不僅如此，金庸還為此專門寫了一篇《夏夢的春夢》，文字頗蘊深情，社評說：「……對於這許多年來，曾使她成名的電影圈，以及一頁在影壇中奮鬥的歷史，夏夢一定會有無限的依戀低徊，可是，她終於走了。這其中，自然會有許多原因，在我們的想像之中，一定是加拿大草原的空氣更加新鮮，能使她過着更恬靜的生活，所以她才在事業高峰之際，毅然拋棄一切，還於幽谷，遺世獨立，正是『去也終須去，住也不曾住，他年山花插滿頭，莫問奴歸處。』我們謹於此為她祝福。」

這分明不僅僅是為夏夢送行，實際上也是為自己心中那個久遠的夢送行！

當年，金庸突然從《大公報》辭職進入長城，兩年後又突然離開長城，坊間傳言還有感情上的原因。他的同事、友人如倪匡等曾說金庸愛上了一位大明星，好像是夏夢。進入長城是為了有機會接近夏夢，離開長城，是因為夏夢名花有主，他求婚不成。面對他人的不理解，金庸自嘲道：「當年唐伯虎愛上秋香，為了接近她不惜賣身為奴，我與他比還差得遠呢……」

金庸的朋友沈西城也說：「每一個人年輕時，都有他年老以後認為的荒唐事，以夏夢的那種絕色，相信是男人，都會興起追求的衝動。金庸那時不外三十左右，他當然有權去追求。」「金庸對這件往事，一直都沒有提，但是在他的小說裡，不難看到夏夢的影子，像《射鵰》裡的黃蓉，《天龍八部》中的王語嫣，《神鵰》中的小龍女，無論一顰一笑，都跟夏夢相似。讀者如果留意，一定會發覺我並沒有打誑。」①

當然，這些僅僅是「美麗的傳說」。

那麼，兩位當事人對這一「傳說」的態度又如何呢？

大概是一九九五年底，夏夢在北京參加「中華影星」頒獎活動，有一位記者忍不住去問夏夢：「你和金庸相愛過嗎？」她微微一笑，用清婉的上海腔普通話說：「你不要相信這些胡編亂造，都是人為作出來的。我的確與金庸在五六十年代共過事，他寫的劇本我來演，他參與導演的《王老虎搶親》我是主角，但我們只是同事，只有友情沒有相愛。」

① 沈西城《金庸與倪匡》，利文出版社，一九八四，第二四頁。

記者又問：「或許只是金庸單方面的意思？」

「不可能！」夏夢笑着搖頭否定。

夏夢斬釘截鐵，一口否認，那金庸呢？對這件涉及舊日同事的「傳說」，金庸從未正式出面表過態。不過，他曾批評有些金庸傳記對他私人情感記載的失實，也許，這正是他的表態。

金庸離開長城的原因很多，夏夢說：「一個主要原因是他不適應，感到別扭，他不適應公司當時那種『左派』的管理，在創作宗旨上他常常與公司的要求無法一致，他忍受不了這些，他才離開的。』金庸曾說：「他們對於戲劇的限制非常嚴，編個劇本要這審查、那研究，工作很受限制，那不是適當的創作環境……後來，我所編寫的劇本好幾個不獲通過，興趣自然大減。」據說，他曾因為希望多拍些娛樂性的電影以提高賣座率，而被認為文藝觀錯誤，挨了批評。

然而，金庸的老同事、香港女作家亦舒在《明報周刊》的「衣莎貝」專欄裡說過金庸與夏夢的一則逸事：「大家都知道，金庸年輕的時候鍾情於美麗的女演員夏夢，後來，他對老友倪匡說起當時情況，他用滬語形容：『想是想得來』，真有點蕩氣迴腸。欣賞過《三看御妹劉金定》與《王老虎搶親》的觀眾，多數都會肯定，比夏夢更具氣質與美貌的女演員，大抵是沒有的了。而上海人口中的『想』，除出思念之外，其他的弦外之音包括渴望、愛念以及相思，是一種十分纏綿的思維。因為只是想，放心裡，可假設有什麼激烈實際行動，肯定羞怯躊躇……不過講起來，到底不如這個『想』字浪漫與美麗。」

沈西城在長城電影公司當編劇，多年以前，這個職位恰是金庸的。對此，他有一段文字作了回答：

為了要寫這一件事，我曾問過許多金庸的老朋友，倪匡、許國是其中的兩個人。後來我見到了李翰祥，他那時也在「長城」，跟金庸可算是半個同事，他半開玩笑地對我說：「哎喲！你的媽，怎麼要挖金庸的疤！」

我問：「李大導，你只會耍我，卻不摸摸自己的屁股，你的大作《三十年細說從頭》，有哪一個你大導的老友不給你挖疤了。」

李翰祥樂了，仰天打哈哈：「金庸追女明星有啥稀奇，我不是也追過的嗎？窮就不能泡妞兒嗎？」

「那麼金庸泡到了嗎？」我問。

「當然泡到，短癮好過無癮呀！」李翰祥的詼諧稱譽影壇，果非浪得虛名。①

① 沈西城《金庸與倪匡》，利文出版社，一九八四，第二四至二七頁。

沈西城是金庸圈子中之人，尤其與倪匡相當熱絡，相信他不會胡說八道。情由心生，本是無可確證的事，但是在金庸筆下，這些美麗的女性身上，卻的確反映了金庸對於理想女性的傾慕，假若他果真有過全心傾慕的女子，將對於所愛的理想投射於筆下，也是自然而然的事情。特別是黃蓉，容貌出眾，聰穎靈動，具有豐富的性格魅力，被譽為金庸筆下眾美之首，或許，也得益於這段朦朦朧朧、不為人知的感情。

而金庸在晚年說起往事，顯得有點無奈：「對於我來說，一個人最重要的是自由，我年輕的時候追求過一個女孩，那個女孩絕對不愛我，我非要愛她不可，我便非常不自由，如果我能夠不再愛她，那麼我就自由了，解脫了，但這樣做是很難的。」不用猜，「那個女孩」就是夏夢。

著名作家三毛這樣評說金庸和夏夢：「金庸小說的特殊之處，就在於它寫出一個人類至今仍捉摸不透的、既可讓人上天堂又可讓人下地獄的『情』字。而不了解金庸與夏夢的這一段情，就不會讀懂他在小說中『情緣』的描寫。」

息影多年後，夏夢於一九七八年創辦青鳥電影公司，並親自監製《投奔怒海》和《似水流年》，在影壇再次發揮她的才華。《投奔怒海》的戲名是夏夢特邀金庸代為改的，當年該片由許鞍華執導，林子祥出演主角，仍是新人的劉德華為第二男主角。該片於一九八二年上映後，引起強烈反響，並奪得了第二屆香港電影金像獎的最佳影片、導演、編劇、美術指導等五項榮譽，更在多個國際電影節獲得好評。

夏夢於二〇〇三年應邀為香港星光大道留下手印；二〇〇五年入選「中國電影百年百位優秀演員」之一；二〇一五年，在第十八屆上海國際電影節獲頒華語電影終身成就獎，以肯定她一生對電影藝術的追求及成就。二〇一五年，為紀念夏夢從影六十五周年，香港電影資料館舉辦了為期一個月的「仲夏夢影——夏夢從藝六十五載志慶」影展。夏夢在香港居住了六十年，丈夫林葆誠於二〇〇七年逝世，兩人情牽到老，並育有兩女一子，兒孫滿堂。夏夢晚年極少走動，不像金庸到處遊學會友，因而她與金庸重聚的機會不多。

夏夢於二〇一六年逝世，兩年後金庸去世，忌日是同一天：十月三十日。

落拓江湖一劍輕

——金庸電影的「百萬導演」張徹

他愛武俠、拍武俠，是幾代功夫電影人敬重的大師，他就是一代電影梟雄——張徹。

張徹是迄今為止香港導演中把金庸小說拍攝成電影最多的一位，他改編金庸最佳的作品，其實是一九六六年沒有改編之名而有改編之實的《獨臂刀》，《獨臂刀》的故事是由《神鵰俠侶》中楊過的故事變化出來的，由此首創「陽剛武俠」，有了「百萬導演」的稱號，開創了改編金庸武俠劇的風潮。

金庸曾為張徹的電影公司題名，為他進入內地電影界掃清障礙。

（一）

張徹祖籍浙江青田，一九二三年初出生於一個軍閥世家，父親張秉蘭是民國時期的浙系軍閥，任浙江省長夏超的高參，曾私下與革命黨人秋瑾聯絡，鼓動夏超宣佈浙江獨立，並倒戈起義。

張徹的平生經歷與金庸十分相似，比如早早離鄉求學，金庸因日本入侵而輾轉浙西各地就讀，張徹則在上海讀書。兩人又一前一後來到抗戰時期國民黨的統治中心重慶，張徹以十七歲的年齡指揮過磅礡抗日熱情的萬人大合唱，金庸則進了中央政治大學，為將來做外交官鋪路。

當此家國破碎，一場民族的抵抗戰爭使少年張徹、金庸嘗到了顛沛流離、骨肉失散的痛苦，《水滸傳》和武俠小說中刼富濟貧、揭竿造反的俠士、好漢，難免會常常躍入腦中。不可小視這段少年時代的經歷，對張徹人格與思想的形成起了決定性作用，他電影中用暴力伸張正義的方式，對捨生取義、視死如歸的男性人格美的大力謳歌，秉承着少年經歷所激成的憤世哲學和中國武俠文化反貪官惡霸的傳統。

張徹的音樂素養也是重慶時期打下的根底。年紀輕輕他已經開始學作曲，寫過詞、譜過曲，都是激勵抗戰鬥志的愛國歌曲。他還參加了洪深主持的劇團學習表演，之後就在國民政府教育部社教隊從事戲劇工作。抗戰勝利後，張徹回到上海，在國泰及大同電影公司任編劇。

與張徹一前一後，金庸也到了上海，在《大公報》任電訊編輯。一九四八年，二十四歲的金庸去了香港，二十五歲的張徹去了台灣。

張徹在台灣創辦「萬象電影公司」。一九四八年秋天，他被當地人民傳頌和崇敬的民族英雄吳鳳的事跡所感動，便根據史料和傳說，編寫了電影劇本《阿里山風雲》，並立即組織了一個攝製組，自任導演，開始拍攝。拍完《阿里山風雲》，此片竟成了台灣的第一部普通話故事片，他所譜的主題歌《阿里山姑娘》，竟然被誤為「高山族民歌」傳遍世界各地，「高山青，澗水藍，阿里山的姑娘美如水呀，阿里山的少年壯如山」，傳唱至今。

一九五七年，張徹到香港發展。初到香港，張徹在《新生晚報》開設專欄「何觀影話」寫影評，「何觀」是張徹的筆名。「何觀影話」引起了金庸的注意，當時金庸在長城電影公司當編劇、導演，有時以「林歡」為筆名撰寫電影評論。那個年代的香港電影，歌舞片、黃梅調片興盛，重女輕男，「男演員的標準都很簡單，只要長得高大漂亮，會不會演戲都不重要。男主角都是一個形象——臉色蒼白的正面形象，毫無雜質的男人形象。」對此，張徹毫不買賬。

看到這番話，金庸找到張徹，說：「你的話，我很有同感。」身高六尺的張徹，穿着窄筒的褲子，留着一撮鉤狀的短髮，掛在前額，不斷地用手指整理。張徹大談中國電影為什麼不能起飛，說：「我以為香港片子陰氣太重，不夠陽剛。什麼時候香港電影才和荷里活電影爭一長短？我以為，必須以陽剛破陰柔，作一番大的改革。」①

一九六一年底，位於九龍清水灣的邵氏影城啟用。邵逸夫在報紙上大登廣告，招聘人才。廣

① 張徹《張徹談香港電影》，香港三聯書店，二〇〇二，第九七頁。

告中說：「本公司有感於當今電影水準之低，決心改良設備，引進新技術，發掘製片人。本公司已選址清水灣建邵氏之影城，急需如下人才：編劇、製片、化妝、剪輯、配音及暗房等，公司將與同仁並肩奮鬥，同甘共苦！」張徹自薦以後，知道金庸與邵逸夫有交情，請他幫助。金庸便邀邵逸夫、張徹到家裡喝茶，作了引見。

當時在香港，張徹同時寫電影評論、小說、隨筆、武俠小說，並且還為電懋公司創作劇本，是名副實在的多面手。加入邵氏以後，張徹初任編劇部主任，後任導演，就旁若無人、大刀闊斧地開打了。

一九六四年，張徹獨立執導黃梅調電影《蝴蝶杯》，但邵逸夫只看了幾場戲就大為搖頭，批評說「燒掉」，換導演袁秋楓重拍。不過張徹沒有氣餒，請求邵逸夫給他一次機會，邵逸夫答應再試一次，讓他用黑白底片拍《虎俠殲仇》，這是張徹在邵氏導演的第一部武俠電影。此片成績一般，但新人王羽還是憑此片走進了觀眾的視線。

一九六七年，《獨臂刀》橫空出世，叫好叫座，不但票房衝破百萬港幣，而且掀起了新派武俠浪潮，王羽成了紅極一時的武俠片大明星，張徹則成為香港電影史上首位單片票房超過百萬的大導演，從此別號「張百萬」。

《獨臂刀》以一百一十分鐘的篇幅講述了一個非常完整的武林故事：影片一開始，武林名門齊家遭仇家暗算，齊家僕人方成護主身亡，留下一把斷刀和兒子方剛。方剛為齊家收養，齊家掌門人齊如風視如己出，全心授予武藝。方剛天資過人，武藝於眾師兄弟中脫穎而出。然而，其性格孤僻，念及身世，又仇恨太深，故難與一些師兄弟相處；這些師兄弟亦視之為異類，以戲弄嘲諷他為樂。方剛自認難容於師門，立意出走。方剛出走當夜，被刁蠻任性的師妹（也是齊如風的唯一女兒）和兩位師兄挑衅，無奈之下，只得與三人過招。方剛打敗師妹後，不料師妹使詐，乘其不備砍下他的右臂。方剛負傷而逃，為一村姑小蠻所救。方剛失去右臂，習武不成，萬念俱灰。小蠻見其情狀，於心不忍，找出家藏的半本武學殘卷，交與方剛。此武學殘卷正適合左臂練武，方剛的武藝於是日益精進；他又從中悟出使用斷刀的道理，亡父所遺之斷刀正好派上用場。幾個月後，方剛練成了武學絕技——獨臂刀。方剛與小蠻長期相處，日久生情，已互許終身。小蠻不願方剛過問武林中事，一心要與他歸隱田園，方剛也答應了。但值此之時，方剛意外得知師門有滅門之禍，不願就此離去。於是，方剛先是從師門仇家救出師妹，後又在師門即將滅門之時趕到，以獨臂刀力戰長臂神魔，並將其殲滅，保住了師門。報答師恩後，方剛拒絕了師門的挽留，與小蠻歸隱田園……

《獨臂刀》借鑑了金庸的《神鵰俠侶》。《神鵰俠侶》中的楊過也是被任性的師妹砍斷了胳膊。

《獨臂刀》中就已經能找到金庸武俠作品的影子，整部電影從故事構思創意到人物設置都來源於金庸最中意的作品《神鵰俠侶》，雖然沒有明確說明改編自金庸《神鵰俠侶》的故事。

金庸看到張徹導演的《獨臂刀》，耳目一新，說他拍出了真實感和陽剛之氣。《獨臂刀》的故事也許並不新鮮，但張徹能夠在一百一十分鐘之內將故事講得如此完整而沒有任何的拖泥帶水，展示了非常高超的敘事能力。此後，金庸原創、倪匡編劇、張徹導演，成為香港武俠電影「金三角」，三人合作長達十多年。

金庸這樣評說張徹的《獨臂刀》：「斷刀是一個符號，象徵着在逆境之中百折不撓、自強不息，從頭再來、涅磐重生。因此，從這個意義上說，《獨臂刀》甚至可看作是一部積極向上鼓舞人心的勵志電影。」[①]「斷臂英雄使用斷刀開創出獨門的獨臂刀法。人刀一體，既象徵着英雄的重生，也是一種境界。《獨臂刀》體現了張徹的「殘缺美學」斷臂、剖腹、剜目、五馬分屍，英雄斷臂，洋溢着一種悲壯感。」

從《獨臂刀》開始，張徹接連拍攝了《大刺客》、《金燕子》、《十三太保》、《新獨臂刀》、《馬永貞》等一系列膾炙人口的武俠電影，用男性的陽剛打破女性的陰柔，一改女性角色佔主導

① 黄小河《武俠革命的宣導者——張徹》，《東方早報》，二〇一二年六月二十六日。

地位的黃梅調風格，開啟了以男性為主的新派武俠時代。

張徹武俠片的特點是陽剛、暴力、血腥，男主角幾乎每次打鬥都要脫掉上衣，以一身肌肉示人，然後以一敵十，最後浴血而亡，出血形式也是多種多樣：噴的，射的，湧的，淌的，血肉紛飛，眼花目眩。因張徹愛讓男星袒露以顯雄壯，李翰祥愛讓女星袒露以顯性感，後來有人調侃道：「邵氏兩大導演，均好剝人衣衫。」

然而，張徹「陽剛電影」美學遭遇了麻煩。與張徹共事二十餘年的蔡瀾曾在一篇文章中回憶：「當年電檢處高官拉彭和我們關係良好，張徹的思想又開放，怎麼搞都不皺一下眉頭。但是，新加坡和馬來西亞的就沒那麼客氣，張徹的片子送檢總有問題，發行工作由我哥哥蔡丹負責，他在片子上映前總得四處奔跑才獲通過。新馬是一個很重要的市場，邵氏星公司再三要求張徹不要拍得那麼血腥，但張徹一意孤行，照拍他的破肚子、挖血腸的結局。」他被冠上「血腥大導」、「茄汁大導」的稱號（香港民間稱烹飪調味用的「西紅柿醬」為「茄汁」，因顏色近似人血，有謂香港電影圈經常使用，借喻張徹的電影多有大灑鮮血的場面，要用上大量「茄汁」）。

張徹感到了製作上的限制，他向邵逸夫提出組織自己的公司，帶人馬去台灣拍戲，資金由邵氏出，張徹自負盈虧，但票房收益可以分紅。

一九七三年底，張徹回到台灣，自組「長弓影片公司」。「『長弓』是由查良鏞兄為我題名，很精彩；可能從他自己將鏞分拆為金庸來的靈感，但尤勝之。因為比較形象化且具武俠味，有杜詩『挽弓當挽強，用箭當用長』的氣勢！我拍了一個片頭，用一身爆炸性肌肉的威冠軍，挽強弓，射長箭，可說是中外電影公司最佳的片頭商標之一。」①張徹說。

張徹在台灣的製作並不理想，兩年後就結束了長弓公司，欠下邵氏巨額的債務。張徹遵守合約，用導演費來付清欠款，一共要為邵氏拍二十幾部戲抵還。於是在高峰期，張徹一口氣同時拍四五部電影，邵氏的十四個影棚他要佔七八個。

張徹鏡頭裡的英雄情感熾熱，性格強猛而少轉折，因此多以悲劇收場。他的英雄正和他自己升任導演的歷程一樣，由於懷才卻不見用於當世，空有滿腔赤誠，但受制於環境的局促與命運的播弄，所以在雄偉豪放中，總帶着一絲悲愴憤慨。金庸與張徹惺惺相惜，他對倪匡說過：「張徹像他戲中的英雄，站在那裡被人射了一身的箭，還是屹立不倒。」②在金庸心目中，張徹就是令狐冲，就是張三丰、蕭峰。

① 張徹《回顧香港電影三十年》，香港三聯書店，二〇〇七，第三九頁。
② 羅珊《張徹電影中的金庸群俠》，《影視鏡像》，總第一二八期，二〇〇九年三月。

（二）

一九七五，張徹從台灣回來了，張家班已經改朝換代了。他時常穿着各色鮮艷的花格襯衫、名貴時裝，嘴裡叼一枝大雪茄，一頭分頭打着卷，一雙眼睛顧盼左右旁若無人，很是睥睨自雄。

一九七六年，邵氏公司買斷金庸小說的改編權，投拍金庸小說的武俠電影，執導筒的人，邵逸夫選擇了張徹。

自一九七七年拍攝《射鵰英雄傳》始，短短五年內，張徹一共執導了七部改編自金庸小說的武俠電影，是迄今為止香港導演中把金庸小說拍攝成電影最多的一位。這七部電影分別是《射鵰英雄傳》（一九七七）、《射鵰英雄傳續集》（一九七八）、《飛狐外傳》（一九八〇）、《射鵰英雄傳第三集》（一九八一）、《碧血劍》（一九八一）、《神鵰俠侶》（一九八二）和《俠客行》（一九八二）。僅從張徹的這七部電影來看，改編得最好的可算是一九八〇年的《飛狐外傳》，它在情節上最為完整，剔除龐雜的次要人物後，主線情節提取展示得恰到好處，在人物性格塑造上也比較完整，並且這是張徹電影中為數不多的沒有過分血腥場面的影片。

《射鵰英雄傳》第一集推出時大為轟動，張徹接着拍了第二集，一舉捧紅了他的愛將傅聲。當時傅聲是香港人的偶像，飾演黃蓉的則是恬妞，這對搭檔據說極為傳神，想像早期恬妞的模樣，的確蠻接近古靈精怪、艷麗無儔的黃蓉。傳聲本來形象靈動活潑，就不是很適合郭靖這樣一個憨厚的角色，他為了演出郭靖的憨直，難免讓人覺得有裝傻充愣的嫌疑。由此可見，張徹在改編金庸小說時，注重的依然是他自己擅長的打鬥戲，而對於男性人物形象並沒有多加挖掘和塑造。

深知觀眾口味，敏感於市場的走向，張徹在武俠片創作中自覺表達的陽剛主義與道義觀念，便是他作品的兩大支柱。最為人稱頌的浪漫風格，那股由血肉之軀所迸發出來的搏擊力量，則是中國電影銀幕上所罕見的。張徹說：「金庸的小說最強調男人間的情誼，這比什麼都重要，比報仇雪恨、保家衛國、武林試劍和業建千秋都重要。就算故事是寫家國恩仇，但骨子裡仍是男人世界。」也許，這是他喜歡拍攝金庸武俠電影的原因。

為了刻畫突出男性的陽剛英雄之美，在張徹執導的金庸武俠電影中，原著中主要女性角色要麼缺席，要麼就被符號化了。如《神鵰俠侶》，從郭靖的七個師傅桃花島被害開始講起，注重楊過人物形象的塑造，桃花島受辱、對身世產生懷疑、跟歐陽鋒修習武功、終南山拜師學藝，講的都是楊過，小龍女這個名字在影片末尾才被提到，沒有了楊過和小龍女纏綿的愛情故事，沒有了李莫愁揪心的過往，沒有了尹志平的癡戀，沒有了郭襄的純情，張徹版的《神鵰俠侶》幾乎完全變成了一部男人的戲。《飛狐外傳》中的程靈素算是張徹着墨較多的女性了，但片中程靈素的形象與原著也確有很大差別。首先是程靈素出場時的那件大紅色裙子，活脫脫一個新娘子，與原本樸素少言的程靈素差別實在太大；其次，片中的程靈素幾乎可以用甜蜜可人來形容，嫵媚又愛笑，但原著中程靈素則是一位超然於世的少女，寡言少語，眼眸清亮。之所以會形成這樣的反差，原來是張徹將原著中的袁紫衣與程靈素合二為一了，由於袁紫衣這一重要人物在影片中沒有出現，而原著中程靈素的形象又不足以吸引觀眾眼球，於是將二人在性格上融為一體，使影片更加好看一些。這與張徹一貫的風格相吻合，在這個以復仇為主題的故事下，程靈素更多的像是一個解毒的工具而並非胡斐的意中人。

編劇倪匡認為，金庸小說情節跌宕曲折，一字不改就可以拍攝出好的故事來，其實他說的是改編成電視劇，而電影受片長的限制很難做到。即便張徹將《射鵰英雄傳》連拍三集電影、長達四個半小時，也需大刀闊斧的刪改。張徹拍金庸小說電影雖未大改，卻一味狂刪，人物角色如成吉思汗等一班蒙古英雄，經典場面如鐵血大漠、引弓射鵰甚至「華山論劍」，故事情節如楊康與穆念慈的愛情悲劇結局、華箏與金刀駙馬的青梅竹馬都消失得無影無蹤。而正因如此，張徹版「射鵰」中的郭靖與黃蓉才可愛得坦然，沒那麼多的波折恩怨，也沒有任何關乎承諾的心理負擔。綜觀整部電影，仍是大導演張徹擅長的武林恩怨、江湖仇殺。當然，郭嘯天的盤腸大戰、楊鐵心的自殺謝世這種血腥暴肆的鏡頭按照張氏武俠片的慣例，倒是要來一番大肆渲染的。

對於金庸作品的改編，張徹有自己的看法：「就我拍攝的金庸小說而論，成績並非很好。原因在我二人性格不同，查良鏞兄為人沉着厚重，其作品如長江大河；我卻是反叛尖銳的性格；只是激流瀑布，故此只能表現他作品的一枝一節。我自覺拍得較好的是《射鵰英雄傳第三集》，因集中在瑛姑、南帝之間的情怨故事。我始終拍不出金庸小說的博大精深，我是有自知之明的，所以最後放棄了。」①毋庸置疑，張徹確實是一個能堅持自己個人風格的導演，即使是金庸小說這樣優秀的作品也不能左右甚或影響他的風格和拍攝手法。

在香港電影的黃金時代，張徹的名字如雷貫耳，他導演的電影是票房的保證，他也當之無愧地成為邵氏公司的頭號招牌導演。

《明報》刊登的《張徹武俠電影中的美學》一文中有一句非常貼切的評說：「金庸是以文字來描寫武俠，張徹是以膠片來描寫武俠。」②

① 羅珊《張徹電影中的金庸群俠》，《影視鏡像》，總第一二八期，二〇〇九年三月。
② 吳宇森《張徹——回憶錄影評集・代序》，香港電影資料館，二〇〇二年編。

（三）

一九八一年，金庸攜妻子兒女回內地訪問，會見了鄧小平，並遊歷了北京、上海、西安等十三個城市。時隔一年，張徹與邵氏的合約滿期了，他要離開邵氏，組建自己的影片公司。非常有遠見的他，已經看出金庸所作所為背後的潛台詞，已經看出將來的內地市場會成為香港電影的主要市場。他的長河影業公司要拍的第一部電影瞄上了內地的大上海。

不過，張徹仍有顧慮，一九四〇年他在中央大學法學院修讀政治時，不知怎麼得到國民黨文化界掌權人物張道藩的賞識，擔任文運會專員，參加中央文化運動委員會從事戲劇工作，後就任上海市文化運動委員會秘書。一九四八年去台灣時與蔣經國結下友誼，借此在台灣執導電影。有此「從政」的經歷，內地會接納他嗎？

還是金庸出面替他作了疏通，金庸向內地有關部門遞話：「張徹只是少年從政，是國民黨的文化官員。」[1]金庸強調「文化官員」，自然是要說明張徹沒有血債，與內地人無怨無仇。

終於，在一個春光明媚的日子裡，跨上一架銀色的大雁，張徹向北京飛去。

在人民大會堂宴會廳，國家領導人接見張徹。回到香港，他急不可待去見金庸，告訴他與內

① 張燕《自笑平生氣凌雲》，《電影畫刊》，二〇〇三年第七期。

地電影專家的合作意向。金庸問：「你回內地後的第一部影片，也是你的第九十一部影片，拍什麼呢？」

張徹哈哈笑了起來：「要拍，我就拍《大上海》吧！」這是國家電影總公司同香港三羊影業公司合拍的大型驚險功夫片。影片敘述的是一九三七年上海淪陷後，一批青年自發投身於抗日除奸的愛國故事。

一九八六年，張徹回到離開三十六年的上海，影片取景全部在上海，西區法租界、城隍廟九曲橋、匯豐銀行大樓、錦江飯店、漢奸特工總部極斯菲爾路七十六號以及駐滬日軍司令部，以真實再現三四十年代上海灘的場景。

八十年代正是香港電影大變革的時代，武打片在內地也已經開始走下坡路了，但《大上海》卻出乎意料地火爆。繼張鑫炎導演、李連杰主演的《少林寺》後，香港電影憑借張徹這部驚險功夫片以一種新的樣式、新的面貌給中國內地帶來了新一波的強烈震撼，說是香港動作電影的第二次登陸亦無不可。

在張徹電影的引領下，徐克、王晶等香港導演在內地推出了新版本的《書劍恩仇錄》、《笑傲江湖之東方不敗》、《新鹿鼎記》等經典的金庸武俠片，又一次掀起了武俠熱潮。

此後，張徹在內地還拍攝了《過江龍》、《西安殺戮》、《神通》、《西行平妖》等影片。

一九八九年香港公映了一部叫做《義膽群英》的影片，由吳宇森、午馬執導，片中雲集了當時香港影視界的著名人物，然而這些名人卻不要片酬，無償加入此片。這部電影是為了給一個人祝壽，能夠讓這麼多著名人物不計報酬的人就是張徹。吳宇森是他的得意弟子。

張徹於二〇〇二年獲得第二十一屆香港電影金像獎終身成就獎。二〇〇二年六月二十二日清晨因肺炎在香港病逝，享年七十九歲。在金庸的授意下，《明報》刊登張徹去世前的一首詩，且是他電影生涯的總結：「落拓江湖一劍輕，良相良醫兩無名。南朝金紫成何事？只合銀幕夢裡行。」①

① 《張徹——回憶錄影評集》，香港電影資料館，二〇〇二年，第十三頁。

心一堂　金庸學研究叢書

60

做了「月老」，愛情卻成為遊戲

——金庸劇填詞人黃霑

「香江才女」林燕妮於二〇一八年六月四日病逝，她曾被金庸譽為「現代最好的散文女作家」，「一見楊過誤終生」就出自她的筆下。

林燕妮最轟動的一段戀情是背負「第三者」之名苦戀黃霑十五年。一九八八年除夕夜，黃霑找來金庸證婚，「迎娶」林燕妮，黃霑當眾跪下求婚，成一時佳話。

林燕妮和黃霑都是金庸擔任總編的《明報》專欄作家，黃霑還是金庸劇的填詞人，一首《滄海一聲笑》，金庸稱之為「經典中的經典」。

（一）

一九八八年除夕夜，黃霑找來金庸證婚，與林燕妮舉行了法律上沒有效用的婚禮。金庸草擬婚書，更揮毫寫了一副頗為情色的對聯：「黃鳥棲燕巢與子偕老，林花霑朝雨共君永年。」黃霑當眾跪下求婚，林燕妮在半推半就下幸福地說了一句「我願意」。[1]隨後，黃霑在報章上登出兩人

①《張徹——回憶錄影評集》，香港電影資料館，二〇〇二年，第十三頁。

結婚的喜訊。

黃霑和林燕妮都是金庸非常信賴的《明報》專欄作家。一九七四年，擁有美國伯克利大學學士學位的林燕妮，一回中國香港就受到《明報》主編金庸的賞識，在該報開設專欄「懶洋洋的下午」。專欄一直是最具香港代表性的文字載體，在當時影響力就好比今天的自媒體。林燕妮不僅有才，年輕時也很漂亮，圓臉大眼嬌憨可愛，習練多年芭蕾，身材婀娜多姿。金庸認為她的為人如文字，直率，清新，灑脫。

黃霑原名黃湛森，一九四一年出生在廣州，一九四九年隨父母移居香港。他一九六三年畢業於香港大學中文系，曾先後從業廣告、電影、音樂，又曾擔任電台、電視台主持人，無論曲詞、文筆及口才均極為了得，且才思敏捷，故坊間把黃霑與金庸、倪匡和蔡瀾合稱「香港四大才子」，他還與倪匡、蔡瀾一同被稱為「香港三大名嘴」。

一九六〇年，十三歲的小歌星華娃參加業餘歌手比賽時，十九歲的黃霑是為她伴奏的樂隊鼓手。兩人因此相識，並在相戀了七年後結婚。在他們九年的婚姻生活中，生有兩子一女。但就在華娃第三次懷孕期間，黃霑卻移情別戀。黃霑移情別戀的對象正是林燕妮。

一九七五年二月，美國的迪斯尼樂園表演團赴中國香港演出，演出分為中、英兩種版本，當時已經在業界聲名大振的黃霑獲邀填寫粵語歌詞，著名女作家林燕妮則負責撰寫台詞和對白。演出成功舉辦之後，由黃霑填詞的許多歌曲紅極一時。當時，《明報周刊》以能獨家刊載該批曲詞為榮。

由此開始，黃霑就非常仰慕林燕妮。他對金庸說：「香港一般的才女都有一股小家子氣，而林燕妮身上沒有。」能夠將林燕妮與眾不同的一面看得如此之準，證明黃霑的確非常懂她。黃霑橫跨詞人、專欄作家、音樂家等等多種身份，是香港流行文化之父，的確是大才子，林燕妮當然架不住他的魅力攻勢。一九七六年八月，電影《跳灰》首映，片中由黃霑作詞的主題曲《問我》迅速流行，林燕妮也在其明報專欄對《問我》大加讚賞。

華娃是個性格剛烈的女子，眼見自己的多番努力仍不能喚回丈夫躁動的心，便堅決地宣佈與黃霑分開，移民去了加拿大，但直至一九八七年五月兩人才正式離婚。

黃霑與林燕妮戀愛後，兩人聯手創辦「黃與林」廣告公司，成就了香港文化界的一段佳話。這是廣告業的黃金年代，一句廣告語就能幫助一個公司在亞洲打開市場，賺得盆滿缽滿。儘管黃霑是廣告業老經驗，從二十世紀五十年代就開始從事廣告業，但林燕妮在構思廣告語的能力上被認為不差於黃霑，「人頭馬一開，好事自然來」，這句廣告語便出自她和黃霑的手筆。

第一個廣告，老板大讚，黃霑說，是林燕妮做的，第二個，老板再度讚揚，黃霑說，這也是林燕妮想的，「從此這個老板只肯見我，不需要見黃霑了。」林燕妮說。

林燕妮一直稱，黃霑欠她一個名分。她曾透露，和黃霑在一起的十四年裡，前八年黃霑都並未離婚，雖然嘴上同太太提出離婚，其實一直沒離過，並老是找借口來敷衍自己。於是，黃霑多次求婚，林燕妮就是不答應。黃霑便使出狠招：請德高望重的金庸證婚。

林燕妮曾在「懶洋洋的下午」專欄的一篇文章中寫道，她「一輩子最怕團體，和被人分門別類」，而她最大的願望是「保持一個自由的靈魂。我的肉身可以被人擁有，我的雙肩可以被很多責任壓着，但是靈魂，它是我唯一的財產，我不會讓任何人把它鎖起來」。這就是林燕妮，極聰明又不受約束，所以才會不顧世俗眼光接受黃霑的追求。

大年初一，金庸證婚的第二天，林燕妮反悔了。她在報章上登出個人聲明，指責黃霑所公開的消息只是其一廂情願，與她毫不相干。

因當時黃霑生意失敗心情極差，不知情的林燕妮卻出席珠寶展並購買一件過百萬的皮草，令他氣得一走了之，雖然事後他十分後悔，努力挽回，最終兩人還是在一九九〇年十月分手了，愛侶變成了怨侶。

金庸滿心歡喜做了「月老」，不料，做成的卻是一場愛情遊戲。如此合拍的一對，經歷過金庸的證婚和定婚等事件，在世人眼中會相守一生，為什麼到頭來還是分手？金庸以此詢問林燕妮。

林燕妮曾在一個報紙專欄上發表了一篇《給黃霑的信》，回答這個問題：「和你一起十多年，我是真的想要個名分，但每次都是無限期的等待，想結婚的念頭也隨着拍拖（戀愛）太久而失去，所以分手是必然的結局。」其實，兩人分手的最直接原因是因為「婚外情」。黃霑與他的秘書小姐產生了感情，這讓林燕妮不能接受，況且這位秘書還是自己介紹給他的。

一九九一年，黃霑拿到香港歌壇的最高榮譽、殿堂獎項金針獎。在頒獎禮上，黃霑向林燕妮發表愛的宣言：「我要求港台允許我多請一個人出席，但她沒有到，她是我音樂作品的靈感來源，人生伴侶，是我人生最愛的一個女人，我愛她更甚於生我的媽咪，亦甚於同我有血緣關係的女兒，我希望這個獎以及以後的獎都獻給她，我要同林燕妮講：我最愛女人，我一生中不可以再愛一個女人好似愛你這麼深！」可是林燕妮並沒有理會，黃霑送到她家的金針獎也遭退回。

林燕妮說：「感情上我是一匹野馬，希望愛我的他能騎得住我。」黃霑卻沒能成為降服這匹野馬的那個騎手。

「黃與林」才子佳人的故事結束之後，一九九九年，林燕妮到韓國寺院禪修，每天吃青菜白飯，掃地打坐八個鐘點，她說自己參透了愛情：「我想我的問題，不是我沒感情，是我太看重感情，變成了一種執著。」她還說禪修時腦海浮現出黃霑的面容，忍不住笑了出來，頓時參悟，原來一切皆是遊戲一場。

她在之前的一個個人專欄中寫道：「下輩子不要再做林燕妮了，實在是太辛苦了，只想做一個傻傻的，有老公疼愛的女人。」

（二）

黃霑是金庸劇的填詞人，他從演員、編劇、配樂到導演一條龍，皆能勝任，而且樣樣手到擒來。黃霑任過香港電視台、電台主持人，為電影、電視劇、歌手、演員作品、導演作品、文學創作、古裝歌舞劇、綜藝晚會寫過歌詞。

一九七七年九月，黃霑開始在金庸開辦的《明報》寫專欄，而後他又簽約無線，獨家撰寫歌詞。這一年，黃霑憑金庸武俠小說電影《倚天屠龍記》中的插曲，入選了香港電台第一屆「十大中文金曲」。一九八三年，黃霑憑借為無線的金庸劇《射鵰英雄傳》所寫的《世間始終你好》入選了第六屆「十大中文金曲」。隨着該劇在內地的熱播，黃霑所做的歌詞又一次搶佔了香港與內地城鄉的大街小巷，也因此使得很多雖不懂粵語的內地觀眾能將粵語歌唱得字正腔圓。

黃霑寫的第一首歌，是一九六八年創作的《忘記他》，由鄧麗君演唱。鄧麗君對這首歌異常鍾愛。一九九五年鄧麗君病逝之後，家人在她的墓前擺放了一個音樂盒，單曲循環這首《忘記他》。

黃霑給周潤發主演的《上海灘》寫主題曲，恰逢他吃錯東西拉肚子，按下沖水馬桶的那一刻：「浪奔、浪流，萬里滔滔江水永不休」的絕句，噴湧而出，不消一刻，歌詞填罷，經典永成。

黃霑喜愛金庸的小說，當年電視台要拍金庸劇，就是由他牽頭合作的。八十年代是香港電影最輝煌的時期，可是武俠電影卻沒有地位，只是初期有幾部變奏。鑑於此，一九九〇年，強勢監製徐克謀劃數載後推出全新規製的新武俠電影。他打算以金庸武俠小說《笑傲江湖》為藍本，全力營造自己的江湖世界。這時候，徐克找了黃霑，黃霑找了金庸，商妥版權、版稅等事宜後，徐克以著名導演胡金銓為總導演而架設故事。

電影《笑傲江湖》大氣磅礴，人物性格突出，兼有強烈的政治諷喻性，快速的節奏感又與時代氣息相同，音樂又大俗大雅，視聽效果凌厲，感染力逼人深思，立刻掀起武俠熱潮。此後，金庸在無線電視台播放的電視劇都由黃霑牽頭出賣。

「滄海笑，滔滔兩岸潮，浮沉隨浪記今朝。蒼天笑，紛紛世上潮，誰負誰勝出天知曉。江山笑，烟雨遙，濤浪淘盡紅塵俗事知多少。清風笑，竟惹寂寥，豪情還剩一襟晚照。蒼生笑，不再寂寥，豪情仍在癡癡笑笑。」這首意境高遠、氣勢磅礴的《滄海一聲笑》很好地體現出了《笑傲江湖》中令狐冲那種放任自適、率性豁達、笑看人生的個性特徵，達到了詞曲與作品原著的完美結合，不僅奠定了黃霑在金庸武俠劇音樂作品中無可替代的江湖地位，而且也成為香港樂壇久唱不衰的經典之作。

這首蕩氣迴腸、遼闊無際的《滄海一聲笑》是黃霑音樂創作生涯中的巔峰力作。當年，黃霑受命為徐克的《笑傲江湖》譜曲，寫了六稿，徐克都不滿意，黃霑被逼急了，跑去翻古書《樂志》，看到一句話，曰：大樂必易。心想最「易」的莫過於中國五聲音階（宮、商、角、徵、羽），但怎麼用？大家都正用，不如我就反用，改成「羽、徵、角、商、宮」，跑到鋼琴前彈一彈，哦？還挺好聽，於是就順着寫出了整條旋律，「羽、徵、角、商、宮」五音剛好對應於鋼琴的五個黑鍵（從升D開始往下），主旋律有氣魄，非常有氣勢，給人一種豪氣冲天的感覺。①

這也是電影《笑傲江湖》中最具武俠意境的一幕：曲陽和劉正風躲過追殺，泛舟於江海之上，

① 李如一《滄海一聲笑的神奇創作》，《哈爾濱日報》，二〇〇四年十一月二十八日。

取出《笑傲江湖》曲譜，琴簫合奏，縱情高歌，一旁的令狐冲也彈琴相和。此刻，船外滄海笑，白浪滔滔，蒼天笑，白鳥遨翔，豪氣吞吐風雷，一聲笑傲江湖。[1]多次重拍《笑傲江湖》，演員換了又換，情節改了又改，唯一難以撼動的便是這曲《滄海一聲笑》。

黃霑說過：「寫《滄海一聲笑》時，四十幾歲了，寫得很滄桑。我心裡總是有點滄桑感，從小就有這種感覺。我寫出來的東西都是小調的，都是一個短調。短調都比較滄桑，比較悲涼。別看我整天嘻嘻哈哈，心裡面還是很滄桑，很悲涼，很沉郁的一個味道，不曉得為什麼，可能是念中文系，讀的古書太多。故人蘇軾也有這種滄桑感，李白也有。總是有這個味道，就是江山未改，英雄已經淘盡的滄桑感。」[2]

除了寫，黃霑還唱，《滄海一聲笑》翻唱者比比皆是，唯有他這公鴨嗓門一吼，吼得很滄桑。一九九〇年，黃霑在台灣推出首張國語專輯《笑傲江湖》，銷量衝破三十萬張。同年，他以填詞和作曲的《滄海一聲笑》得到第二十七屆台灣金馬影展的最佳影片歌曲。

黃霑先後為金庸劇《天龍八部》、《射鵰英雄傳》、《倚天屠龍記》、《書劍恩仇錄》、《雪

① 陳雷《誰負誰勝出天知曉》，《東南早報》，二〇〇四年十一月二十八日。
② 黃霑《寫書寫歌靠真「性情」》，引自《楊瀾訪談錄》，遼寧人民出版社，二〇〇二年第十一輯。

山飛狐》、《神鵰俠侶》、《連城訣》中的插曲填詞十四首，其中為《天龍八部》所寫的《兩忘烟水裡》是他最得意的作品，是梁家仁和湯鎮業主演的《天龍八部》第二部的主題曲。喬峰錯手殺死了心愛的阿朱，山盟海誓頓時成空，「塞外約，枕畔詩，他朝兩忘烟水裡」的音樂，就在這時幽幽響起。我們知道，喬峰永遠不會忘記阿朱，兩忘烟水裡，只是阿朱對他的一種希望，希望他不要過於悲傷。黃霑說，這首歌深情中帶一絲惆悵，盡顯俠骨柔腸。

黃霑縱橫香港流行樂壇近三十年，創作了二〇〇〇多首流行歌曲的歌詞。他與搭檔兼好友顧嘉輝合作的多首影視主題曲最為人津津樂道，並贏得了「黃詞顧曲」的美稱。黃霑的一曲《我的中國心》，「長江、長城，黃山、黃河」，簡簡單單而又力蘊千斤的詠嘆調讓無數人心潮澎湃。

而金庸以為黃霑成就最高的，還是那首《滄海一聲笑》，才是「經典中的經典」。金庸評價他：「走出了一條許多詞曲作家無法超越的創作道路，他率真樂觀的性格和倚馬可待的才華，使他為武俠劇創作的音樂作品達到了別人無法企及的高度。」在這個高度上，黃霑揮灑自如地表現着他對金庸武俠小說的洞徹和理解，表現着他對人生江湖的把握和領悟，造就了金庸武俠劇音樂作品「前無古人、後無來者」的「黃霑時代」。

金庸喜歡黃霑，他與人講過一則黃霑逸聞：小時候的黃霑雖瘦弱，卻已顯露出一股豪俠之氣。

一天，上中學的黃霑正讀書，他的表弟突然跑過來找他，哭着說自己被人欺負了。黃霑：「誰欺負你了，我替你打回來！」表弟：「你們學校一個叫李小龍的！」於是，想替表弟出頭的黃霑明知打不過對方，卻絲毫沒有猶豫，立即向李小龍約架，結果自然是三下五除二就被打倒，儘管如此，兩人不打不相識，成了朋友。

說也巧，林燕妮曾是李小龍的嫂子。林燕妮曾與李小龍兄長李忠琛結婚，當時的林燕妮只有二十一歲，二人育有一子李凱豪，可惜兩人情感不合，最終離婚。

離婚後的林燕妮很快便和黃霑相戀。

（三）

與黃霑維繫了十四年的愛情徹底結束後，林燕妮專心於文學創作，生活簡單樸實，渡過了人生一個又一個難關。

「我不是屬於光賣弄文字的作家，我有我林燕妮式的思想。」林燕妮經常在文章中，語重心長地跟讀者們說：人，其實是可以一邊傷心，一邊快樂的。失戀不是不緊要，你可以一邊失戀，一邊再尋找。

有一次，倪匡跟金庸閑談，談到香港作家的散文。金庸說：「林燕妮是現代最好的散文女作家。」而倪匡則更正說：「不是女作家，而是最好的散文作家！」

事實上，林燕妮散文最大的特點，是抒發情感時並不流於一瀉無餘，毫無節制，而對事物的分析，不單態度持平，見解也頗有其獨到之處。她的筆觸不帶尖酸刻薄，也不以諷刺人為榮，更沒有故作驚人之語，換言之，林燕妮的散文是教人看得下去而不會覺得沉悶。

林燕妮的第一本書《懶洋洋的下午》令她聲譽鵲起，後來有《緣》、《盟》、《青春之葬》等五十多本小說、散文，不少已改編成電影，還曾和黃霑合作寫過《人海同遊》、《有樂共享》、《真誠相見》。林燕妮以其著作上的成就，繼金庸之後於一九八九年榮獲第二屆「香港藝術家聯盟最佳作家獎」的作家。

林燕妮的《一見楊過誤終身》寫道：「遇上一個很有魅力、令自己魂牽夢縈的人，是畢生的安慰，然而，得不到他，卻是畢生的遺憾，除卻巫山不是雲，沒有人比他更好，可是，他卻永遠不能屬於自己，那唯有擁着他的記憶過一生了！程英、陸無雙、公孫綠萼、郭襄這四位年輕貌美、慧質蘭心的姑娘，就是在這種情形下鬱鬱終生，公孫綠萼甚至心灰意冷得不想做人，其他三位，都沒有再愛上誰，她們都在十幾歲時見過楊過，短暫的相交，令得姑娘們終身不嫁，她們的回憶是快樂的，可嘆的是，以後的日子又如許的惆悵……」文末附小詩一首：「風陵渡口初相遇，一見楊過誤終生。只恨我生君已老，斷腸崖下思故人。」

金庸讀了，稱讚道：「這是林燕妮筆下最美的散文！」隨即，他寫了一則短序：「拭在瑞士真絲帕上的眼淚，也依然是眼淚，雖然絹帕輕柔，可能擦不痛眼角。」

金庸曾經說過，林燕妮的小說是用香水寫的，是用香水印的，讀者應當在書中聞到香氣。從此，這個「香江才女」身上貼的標簽就是一個「香」字：用香水寫字，用粉紅的枕頭睡覺。因為林燕妮喜歡枕粉紅色的枕頭，用粉紅色的稿紙，會在原稿紙上噴灑香水，所交稿件有「香稿」之稱。

很多年前，金庸寫過一個細節：「有一天晚上，五六個人在林燕妮家裡閑談，談到了芭蕾舞，林燕妮到睡房去找了一雙舊的芭蕾舞鞋出來，慢慢穿到腳上，慢慢綁上帶子，微笑着踮起了足尖，on point擺了半個Arabesque。她眼神有點茫然，是記起了當年小姑娘時代的風光嗎？」

林燕妮雖是暢銷作家，但是，在她服務《明報》、《明報周刊》的時候，金庸沒有特別優待她，稿費還是十年如一日。受到同樣待遇的還有當時也為《明報》供稿的亦舒。

金庸特邀林燕妮和亦舒簽約寫專欄。每日一人一篇，兩人整整堅持寫了一年。待到續約的時候，林燕妮當着金庸的面要求漲稿費。金庸聽後，沒有給予答覆，而是微笑着問道：「農曆每月的十五夜晚月亮是什麼形狀？」

「當然是圓形的啦！」林燕妮不假思索應答道。

「你目前就是十五夜裡的月亮啊！」金庸驚嘆道。

「此話怎講？」她疑惑地問道。

「你花起錢來大手大腳，給你再多的錢，你都會像十五夜裡的月亮，圓滿花掉。花錢得像初十夜裡的月亮，亮一部分，存留一部分。所以，我暫時還不能給你加稿費。」金庸說。

就這麼，林燕妮漲稿費的要求被拒絕了。

過兩天，亦舒也來提出要增加稿費。

金庸問她農歷每月初十夜裡的月亮是什麼形狀，她回答，像彎眉狀。

金庸說：「你現在就像每月初十夜裡的月亮。」

她疑惑地問道：「此話怎講？」

金庸解釋道：「你是節儉的人，就像初十夜裡的月亮一樣，給你再多的錢也捨不得花，再多的錢就像彎眉一樣掛在空中，黯淡無光，也沒有用。你什麼時候花起錢來像十五夜裡的月亮那麼明亮，我才能給你漲稿費，現在不給。」

辦報紙不同於寫武俠小說，金庸看得十分實際，實際到摳門的程度。他對《明報》記者，一直實行「微薪制」。他對年輕的記者說，在《明報》工作是他們的光榮，別看就這麼一點工資，還有人排隊想進來呢！

兩大才女都在金庸這裡吃了癟，這也成了香港文壇廣為流傳的軼事。不過，林燕妮回憶稱：「金庸先生只是好面子，你要的他一定不給，但到了年終，我們的稿費不知不覺還是提高了。」

在寫作的最後階段，林燕妮想寫童話：「中國是個沒有童話的國家，但是神話很多，童話故事都是傾向於真、善、美的。我想成為中國第一個童話作家。」

金庸在《用香水寫的小說——序林燕妮的「愛情小說」》中寫道：「那些『嫁不掉的美女』所以嫁不掉，不是因為她們的條件不夠好，而是條件太好了，男人們娶不起，好比三顆一百克拉大鑽石，在玻璃櫃裡散發璀璨華美的光芒，普通人連多看一眼也不敢，更不用說去問問價錢了。小說中許多美女的惆悵，都是因男女間的條件配不攏而產生，這是現代化的的『門當戶對』，很不羅曼蒂克，但很真。」

浪漫故事和傳奇人生掩蓋了林燕妮的創作和著述。林燕妮從上世紀七十年代開始寫作，八十年代起就出版多部小說和散文集，在《明報》上的專欄寫了一年又一年。從她寫過的專欄名稱也可見一斑，「粉紅色的枕頭」、「懶洋洋的下午」，癡男怨女最受用的愛情心得與拍拖體驗，由她娓娓道來，畢竟裙下之臣眾多，所以敢於指出露骨的真實，細緻中見精闢，格外具有說服力。

（四）

黃霑與林燕妮分手後，故事仍不斷。

一九九二年，黃霑扮演電影《不文騷》中的性笑話節目主持人，影片安排他講黃色笑話主持節目的戲份竟佔片長三分之一以上，更多的是他的本色演出，其輕薄直白的鹹濕語言，令素愛俗趣的市民階層廣受歡迎了。

其實，黃霑自詡的「不文」稱號並非始自所拍的「不文」系列電影，而是源自他一九八三年寫過的情色笑話集錦《不文集》，在金庸麾下的《明報周刊》連載。

《明報周刊》是香港最暢銷的娛樂周刊。雷煒坡主編認為，《不文集》就像文字版的三級片，每一字每一句都是十八歲以下的少兒不宜，《明報周刊》雖然是一份純娛樂的刊物，但講究文化品味，此類文字不宜刊登。金庸則認為，《不文集》說「黃」而不「色」，且是真性情男人的心裡話。黃霑以他的香港風流才子之智，將每一個段子說得有理有據，還在幽默之中夾雜哲學，充滿了生活和情趣。金庸說登，《明報周刊》也就照登了。十年之後結集成書，後來在香港重印了六十二版，其重印次數之多，甚至超過了金庸的武俠小說，其紀錄至今無人能夠打破。

中午的香港灣仔福臨門酒樓，人聲鼎沸，但聲音最大的是黃霑。本來大家要談華語流行音樂的問題，黃霑卻讓伙計買了本《東周刊》給友人看他的專欄，裡面是他在寫金庸。

黃霑很喜歡談金庸，批評金庸。譬如在《知時者智》一篇中，黃霑有一段文字：「財經巨子問金庸：我國歷史人物，誰人的收場最好？金庸想也不想就說范蠡。我們起初聽見有點奇怪，但經他解釋之後，也就舉座稱是了。為什麼？因他能功成身退，保存聲譽，再挾陶朱巨資，擁着心愛美人，隱於美麗的山光水色之中，安享晚年，是人生的最佳收場……金庸大俠對范蠡的敬慕，原也無不妥，然而理由是『挾陶朱巨資，擁着心愛美人，隱於美麗的山光水色之中，安享晚年』，我卻不大以為然。後代中國文人，確也有不少人頌讚與羨慕范蠡的文字。有讚他的忠心，有讚他的計謀的，有羨他挾巨資得美女的，有又讚又羨地把他與西施的『愛情』美化為『美麗愛情』的，我卻不以為然。我以為范蠡對西施的先出賣後私奔（就算不是拐帶）的『愛情』，實在不光彩，不美麗。」①

① 遊子《金庸、黃霑與范蠡》，《明報》，二〇〇六年十一月十五日。

黃霑在香港娛樂圈是出了名的心直口快之人，因為做主持人的緣故，難免要對大大小小的娛樂事件評說，一點不會給當事人面子，不管是男是女，成名已久的大師，風頭正健的天王天后，還是初出茅廬的新人。在他罵過的眾多明星中，一代宗師金庸恐怕是最高級別的人物了。

一九九九年，成龍與吳綺莉扯出「小龍女」的事件，不少藝人加入討論。周華健說：「是男人，難免會犯錯。」金庸說：「男人可以風流，但是不能下流。」這時候，黃霑就跳出來說：「這種事根本全屬下流，哪來的風流？風流一詞不過是一種修辭手法而已。金庸則更沒資格談風流下流，因為他太少女人，只懂用腦寫小說。沒性關係就是不下流，難道用腦來精神自慰嗎？」黃霑這一招借力打力，既批評了成龍，又好好把金庸損了一番。這一損，讓金庸非常生氣，很長時間斷了往來。

其實，這也不是他第一次跟金庸較勁了。一旦有機會，黃霑就喜歡談金庸，說他很獨裁，一點也不民主。黃霑對媒體解釋兩人鬧翻的原因是：「我跟他鬧翻就是一九九七年香港選特首的時候，他捧董建華，我捧另一個。金庸在報紙上寫文章指責我捧的那個人，我收了人家錢，你何必這樣做呢？你看金庸賣給央視的《笑傲江湖》才一元錢。要是拿給我賣，賬面上還是一元錢，聲譽還是很好，下面還可以幫他收很多錢。」

黃霑就是這樣一個令金庸又愛又恨的人，金庸曾用自己筆下的大俠與之對照：黃霑有着東邪黃藥師的絕世武功而又超越世俗，他兼具北丐洪七公的濟世情懷，有着南帝段皇爺的悲憫天人，卻唯獨沒有西毒歐陽鋒的陰柔狠毒。金庸曾借劉正風之口評價道，黃霑一味追求纏綿淒苦之音，終難有大境界。確實，倘若說令狐冲是金庸心中潛藏着的對浪子生涯的激賞，在真實的江湖中，令狐冲永遠都只能是個神話，江湖畢竟是江湖，誰能當真笑傲？

也許這正是金庸與黃霑的差別所在。金庸心目中所謂的大境界，正是黃霑所不肯為，也不屑為的——當然，以黃霑的習性，只怕也不能為。說到底，各人自有各人活法，你做你的俠之大者，我做我的開心快活人，如此而已。

後來，比他小十七歲的秘書小姐與他結婚。不久，黃霑重返香港大學讀書，住處鄰近港大，步行僅五分鐘，但太太每天管接管送，成了他的保姆司機，始終陪伴他。

二〇〇四年黃霑離世後，有香港報紙用了「滄海一聲哭」做悼念專題，金庸看到以後，說：「這個標題嵌入得巧，只是意境落了下乘，編輯不懂，黃霑什麼時候哭過？」林燕妮曾撰文悼念，她寫道：「撇開私事不談，在工作上，我始終給他個A。我跟霑叔之間得失兩心知，不存在原諒不原諒，寬恕不寬恕，有恨還是無恨，我們的關係是超越了那些字眼的。」

晚年時，林燕妮身體多病，常臥床休養，但仍為《明報》專欄寫稿。二〇一八年六月四日，七十五歲的林燕妮因肺癌病逝。她於《明報》專欄「寂寂燕子樓」的最後一篇文章《我又見到永恆》於六月六日刊出，一如既往地居於副刊版面左上側，文中寫道：「別人看我，何等精彩，何等燦爛，我看別人，明白一切盡在流光之中，時間不由我操控，但可以憑一支筆，留住永恆，但願大家也一樣，享受愛，享受永恆。……為什麼總要將人的生死劃下界線，肉身消失沒關係，精神不滅才是永恆。所以，容我先跟各方好友、摯愛讀者說句，每天記我念我多一些就好。如果有一天，造物主另有工作向我分派，我是樂於接受，有緣自會再相逢，紅塵總有別，揮揮手，抬眼看，我又見到了永恆……」

朋友麼，罵過了還是一對真兄弟

——金庸劇製片人張紀中

張紀中版的《笑傲江湖》真實的山山水水、逼真的打打殺殺、細膩的情情愛愛，給人的感覺就是「江湖，真的離我們不遠」。

《書劍恩仇錄》裡歷史情境的厚重與凝練、《俠客島》中精神探索的自由與超越，總是那麼令人回味悠長。

那些被拍了無數遍的《天龍八部》、《倚天屠龍記》、《碧血劍》、《雪山飛狐》……電影和電視劇，成為一代又一代人理解「英雄」、領悟「俠之大者」、感受摯情摯愛的無法磨滅的人生記憶與青春往事。

金庸說：「我曾把張紀中罵哭了，朋友麼，罵過了還是一對真兄弟。」張紀中說：「他不罵我，我怎麼能成功。我與金庸是君子之交。兩人的親密關係可見一斑。

（一）

張紀中與金庸結緣於一九九九年。

三月的杭州，西湖的風光特別美。那天，金庸心情特別好，他剛剛出任浙江大學人文學院院長。張紀中在拍完《三國演義》、《水滸傳》之後，休息着讀書，正沉醉於金庸小說的武俠世界之中。張紀中心中的武俠之火一下子被點燃了——「我要拍金庸的武俠片！」

幾天後，張紀中給金庸寫了一封信——

查良鏞先生大鑑：您五月五日發來的傳真已收到。您的第一部小說的電視劇專有改編權，僅以象徵性的費用（人民幣一元）轉授給我們，您對我們的信任使我們感到十分榮幸。同時，我們也感到改編您的作品的責任之重大。我們相信，不久的將來，一部讓您及廣大觀眾滿意的「金庸作品」會隆重面世，並將為我們的長期合作打下堅實的基礎。

經過我們慎重研究，我們將您的傑作之一《笑傲江湖》列為第一部改編劇目。如果您同意，我們將通過有關新聞媒介，向廣大的「金迷」朋友進行報道。

另外，如何履行有關您的版權的法律手續，請您知會我們，以便我們盡快投入劇本的創作。為此，我們希望：近期能否在香港或深圳與您見面，請您當面賜教或與您的委托人簽署有關法律文書。盼盡快得到您的回音。

不到兩天，雙方完成了全部合作文書的簽署。

五月下旬，張紀中隨同電視劇製作中心主創人員前往杭州，與金庸第一次會晤。一見面，張紀中竟然不知道怎麼稱呼他，哈哈着臉只顧握手，握久了也不放下。金庸說：「我喜歡年輕人，每次看到他們在黑板上寫着『歡迎大師兄來講課』，我就很開心，我最喜歡聽到這個稱呼了，在很多場合，我把浙大的學生親切地稱為『小師弟、小師妹』。」

張紀中笑說：「那我也稱您大師兄了！」金庸連說：「好，好！」

張紀中，綽號大胡子，一九五一年出生，北京人，中央電視台中國電視劇製作中心高級經濟師。做過教師、演員，拉過大提琴，寫過劇本，當過副導演、導演、製片人。電視製片人是近年來在國內出現的全新職業，它的前身接近於製片主任。製片人的出現，除了加強對於一個節目、影視劇的經濟利益、行政管理、社會效益等方面的製作要求外，最重要的是製片人分擔了以往由導演一個人承擔的藝術責任。當張紀中日益成為中國、甚至海外最有影響的「中國電視製片人」時，金庸的武俠小說正延伸到中國的電視劇。

金庸問他：「你怎麼闖進影視圈的？拍電影電視有多少年了？」

他說：「我父母是東北人，我十七歲就從北京到山西農村當知青，一幹就是六年。山西農村非常苦。我二十七歲考入山西話劇院，演了十多部話劇和兩部電影。三十七歲又到了山西電視台，開始拍短片，幾乎年年獲大獎，漸漸有了名聲。後來，我膽大了，就以山西電視台名義，主動到中央電視台請戰，要拍《三國演義》，央視竟真的投資了。《三國》後，我又拍《水滸傳》。《水滸傳》成功後，我已四十多歲了，才正式調入中央電視台。我現在能成功，最大的財富應該是那六年在山西農村的苦難生活。」

金庸說：「跟你一樣，苦難往往是成功的前奏，我也當過導演，拍過電影。」

張紀中從小就熱愛文藝，做一個演員是他兒時的夢想。但由於出身不好，前後兩次報考解放軍藝術學院舞蹈系和中央藝術學院都因為政審不通過而被拒之門外。在文工團試用工作一段時間，結果又被辭退。後來，他考入了山西話劇團，並在話劇《西安事變》中飾演了一位大學生的角色。此後，張紀中又拍過電影、演過電視劇，雖然他常常被導演看好而飾演主角，可他卻發現，自己對幕後工作很有天分，於是改行做了編劇、導演、製片人。張紀中以大製作而聞名中國電視圈。一九九四年，他擔任了《水滸傳》的總製片主任。在《水滸傳》裡，張紀中把那些膾炙人口的草莽英雄的故事和充滿陽剛之氣、悲壯之美的人物與情節拍得酣暢淋漓，為觀眾獻上了一道豐盛的視覺盛宴。隨着《三國演義》和《水滸傳》兩部劇的熱播，張紀中邁入了一流電視劇製片人的行列，被譽為「中國第一製片人」。

二十世紀末，武俠劇在中國內地盛行，而從小就喜歡看武俠小說的張紀中，又產生了拍攝武俠劇的念頭。這個時候，張紀中看到了一則新聞，金庸在內地接受一家媒體採訪時表示，如果央視能夠把自己的小說拍得和《三國演義》、《水滸傳》一樣好，願意以一元錢轉讓版權。

這則新聞讓張紀中動了心，他一直喜歡金庸的小說，很想拍一部金庸的作品。在與領導商量後，他決定試一試消息是否屬實，馬上寫了一封信，蓋上單位公章，發傳真到香港金庸辦公室。

果然，金庸是真俠客，爽直乾脆地答應了。金庸在傳真回覆的信裡表示，自己「願意一塊錢的價格將小說版權轉讓給央視，想拍哪部作品都可以。」

正巧，浙大校長張浚生與金庸和張紀中都有私交，金庸應張校長的邀請來浙大，張紀中也就得到了拜見金庸的機會。

為了這值得紀念的第一次見面，為了「一元錢出讓了改編權」意氣相投的友情，張紀中特意跑到銀行去，在一大堆新鈔票裡，挑了張編號為25666666的一元紙幣。然而製作了一件有意思的紀念品「一元水晶杯」：用了一塊大小如同A4紙面的有機玻璃，製作成一塊小匾，匾右側刻「查先生《笑傲江湖》電視劇版權轉讓紀念」，左側落款「中央電視台中國電視劇製作中心」，中間部分鑲嵌上象徵性的一元錢紙幣，紙幣上部寫上了CCTV字樣，下部刻寫着年、月、日。有機玻璃做成的盒子上面寫了「笑傲江湖」四個字。

見到這個特別的禮物，金庸非常高興，馬上就在授權合同上簽了字，並指定張紀中為製片人。金庸沒有想到，因為喜歡央視版的《水滸傳》和《三國演義》，自己隨意而說的一句玩笑話，竟然被張紀中當真了。

此後的二十年，張紀中與金庸經常在杭州相見，龍井村，梅家塢，農家小院，多少個秋天相見相伴，留下了許多溫暖的回憶。

（二）

張紀中說：「金庸的武俠小說改變了我的藝術生涯方向，如果沒有你筆下的江湖世界，就不會有金庸武俠劇的拍攝，也不會有如今為人熟知的大陸武俠。」

小時侯，張紀中看的第一本武俠書是《兒女英雄傳》，後來又看了《七俠五義》、《小八義》等舊派武俠小說。他最早接觸到的新派武俠小說，就是金庸的《笑傲江湖》，一讀就再也擱不下了。

因而，張紀中第一次拍攝武俠片，他毫不猶豫地選擇了《笑傲江湖》。《笑傲江湖》是我們大陸的首部武俠劇，也是中央電視台首部自己製作的武俠片。文字敘述的魅力是《笑傲江湖》成功的重要原因，比方說男、女兩大主角，都是先聞其「傳聞」，造成小說很大的吸引力和對人物期待的神秘感，他們再徐徐出場。令狐冲在小說的第五回出現。而任盈盈這位神秘的女主角，直到小說的第二本第十三回才出現。在改編成影視劇時，張紀中從影視劇的欣賞習慣出發，安排男女主角在第一二集登場。

沒想到，金庸對此改編並不滿意：「諸葛亮還出場晚呢！」張紀中只好跟他解釋，諸葛亮並非《三國演義》唯一的主角，而《三國演義》與《笑傲江湖》的敘述結構也不盡相同。金庸不作聲了，可內心卻未必贊同。

後來，張紀中經常把金庸請到劇組裡來，他很開心，高興地跟大家聊天交談，展開討論，爭論也更加激烈起來。

《神鵰俠侶》楊過與郭靖在襄陽城的那場戲是張紀中頗為自得的一場戲。楊過以為郭靖是自己的殺父仇人，意圖趁郭靖不備將其刺殺，而當楊過親眼目睹郭靖堅守襄陽城的義舉，又最終放下了殺念。從戲劇角度來講，這場戲非常緊張，充滿了戲劇化的張力，反映了楊過內心的成長，畫面也很漂亮。

一拍完這場戲，張紀中便興緻勃勃地帶着片子去找金庸，滿心以為會獲得表揚。沒想到，金庸看完之後卻說不喜歡，兩人就爭論了起來：

「你沒有理解我要表達的意思。」金庸質問。

「但我這樣的表現也並沒有違背原著的描述，是符合原著精神的。」張紀中據理力爭。

說着說着，兩人站了起來。

金庸大聲說：「我就是不覺得你這麼做好！」

「你不覺得好，但是觀眾可能覺得好！」張紀中的嗓門也不低。

……兩人的嗓門越來越高。

最終，查太太出面打了圓場：「你不應該這樣對待張先生，你應該給張先生道歉。」

金庸的臉上帶着不情願，沉默了一會兒，恢復了往日的溫和語調，說道：「張先生，我給你道歉。」

君子和而不同，爭執過後並無不快，對於藝術的見解不同，不會影響兩人的感情，金庸仍然很開心地請張紀中吃飯。

當然，張紀中的電視劇改編也有很多讓金庸喜歡讚賞的片段。如在拍《天龍八部》時，小說結尾在喬峰跳崖之後，交待了慕容復的情況；而在電視劇裡，阿紫抱着喬峰跳下懸崖。這樣的改編，既將主角喬峰的形象提升得更高，也在「情」字上做到了極致，這樣的表達更符合電視劇的特點。

金庸開玩笑說：「這個結尾改得不錯，也許我要把小說的結尾改過來。」後來，他確實改了小說的結尾。

按照歷史正劇和主旋律風格拍成的《笑傲江湖》在中央電視台八套播出，收視率達到了十二%至十九%，第一輪播出就給電視劇中心賺了七千五百萬。這部大陸新武俠電視劇的開山之作，在創下高收視率的同時也引發了巨大的爭議。這是張紀中沒有料想到的。

相比網絡上排山倒海的網民罵聲，張紀中最在意的是金庸本人的看法。在香港播出《笑傲江湖》後，金庸在肯定電視劇的大氣和精美製作的同時，對電視劇的改編也公開提出批評。為緩解金庸的不滿，也為了繼續與金庸合作，張紀中從北京飛到杭州，與金庸當面進行溝通交流。

在此後的六部電視劇簽合同時，張紀中和金庸進行長時間的溝通和交流，徵詢金庸對電視劇劇本改編意見，在故事和情節設置上，完全忠實於小說原著，極少有大的修改。

「金庸把自己的小說當親生的孩子，我也想明白了，我們改編的畢竟是他本人的作品，那就按照他的意見來，畢竟對我們來說，金庸不是我們的原創作品。」為讓金庸滿意，張紀中找了金庸最信任的專家陳墨教授出任顧問，專門負責參與、回答編劇的疑問。這使得張紀中版的金庸劇成了最忠實於小說原著的電視劇，令金庸非常滿意，索性口頭放言讓他把作品集全改成電視劇。

到了《射鵰英雄傳》，張紀中給金庸支付的改編費不是一塊錢了，完全按照市場價格來進行的，具體價格張紀中不願意透露，價格差不多是按照兩萬一集的標準支付。

雖然不能對作品進行修改，張紀中還是希望自己有自選動作。在《射鵰英雄傳》裡，張紀中企圖增加楊康的戲份：「郭靖在草原長大的戲份有很多，而楊康在金國王府裡的成長小說裡卻只有幾筆，包括丘處機怎麼能夠容忍完顏洪烈霸佔楊鐵心妻子包惜弱，還能夠進入王府成為楊康的武術師傅，從人物性格來看不可能。」

張紀中的想法被《射鵰英雄傳》編劇接受媒體採訪時公佈出來，不料，金庸看到後勃然大怒，迅速致電張紀中，要求刪掉這些增加的場面和戲份。張紀中只得按照他的要求，刪除了這些編劇增加的故事和細節。張紀中由此把金庸比作「愛護自己下的蛋的老母雞」。

在談到與對自己的劇本很計較的金庸如何相處和溝通時，張紀中用「他是一個非常好的頑童」來形容金庸：「他對我翻拍的金庸劇也有不滿意，不滿意的我會解釋給他聽一聽，當然解釋完了以後，他依舊不滿意，那我也沒有辦法，反正我已經拍完了。但是，這些不會影響我們之間的友誼。」

「張紀中對金庸作品十分癡迷，並在過去十來年間親自導演並製片了七部作品，分別是《笑傲江湖》（二〇〇一年）、《射鵰英雄傳》（二〇〇三年）、《天龍八部》（二〇〇三年）、《神鵰俠侶》（二〇〇六年）、《碧血劍》（二〇〇七年）、《鹿鼎記》（二〇〇八年）、《倚天屠龍記》（二〇〇九年）。金庸最滿意的是《天龍八部》和《碧血劍》。「《天龍八部》我很喜歡。張紀中在拍電視劇前徵求我的意見，我就說，最好不要和小說相差太多。」「後來張紀中對結局進行了修改，只減不加，剔除了一些不必要的人物，讓整個高潮都圍繞着蕭峰來進行。對這一改動我很滿意。」

因為《天龍八部》，內地年輕的觀眾也接受了張紀中版的金庸劇。《笑傲江湖》和《射鵰英雄傳》一邊是收視率奇高，一邊網絡上都是謾罵和口水。到了胡軍、林志穎、劉亦菲演的《天龍八部》播出，網絡上的讚揚和誇獎多起來了，價格也上漲到七萬一集。

拍《神鵰俠侶》時，張紀中問金庸：「什麼是浪漫？」金庸想了半天回答他說：「不常見的就是浪漫，常見的就不浪漫，一對情人站在大海裡擁抱着看西沉的夕陽，這就是浪漫。」後來張紀中對他的創作團隊的要求就是淒美和浪漫，這使得《神鵰俠侶》後來成為一部披着武俠外衣的愛情偶像劇，挑出來的男女主演黃曉明、劉亦菲「青春」、「漂亮」，被觀眾評為「最不張紀中的金庸劇」。

在金庸的作品裡，《碧血劍》是電視劇改編次數最少的。張紀中看中它是因為《碧血劍》實際上是一部歷史正劇，既體現了金庸對歷史的研究和觀察，也讓張紀中的正劇特長有了大的發揮。看完《碧血劍》後，金庸對張紀中說了句：「張先生拍戲就是認真，把我的作品交給您拍，我非常放心。」

《鹿鼎記》經過反反覆覆的刪減，金庸對這部電視劇一直未發表意見。原來金庸認為韋小寶不該有太多的老婆，給他設計了一個妻離子散的新結局。張紀中對金庸說：「升官發財、一夫多妻是中國男人固有的夢想，所以人人想當韋小寶，而你現在把老婆改沒了，破壞了讀者的夢想。」「您現在是查良鏞的身份來修改三十年前金大俠的作品，用現在的眼光回過頭看以前的作品肯定不順眼，改編味兒就變了。」

最終，金庸放棄了對《鹿鼎記》的故事結尾進行大修改，保留了原來的韋小寶一人領着七個妻子隱居的故事結尾。在內地播出時創下了張紀中金庸劇的收視率新高，本來，張紀中打算在拍完《倚天屠龍記》後就結束金庸劇，但是，金庸一直希望張紀中能夠把他的作品集全部拍完。這對張紀中來說，是一個誘惑也是一個挑戰。

二〇〇五年一月，張紀中拍《射鵰英雄傳》，赴寧波象山時帶金庸去了桃花島——原來他寫小說時並未真的去過桃花島，只是在地圖上看過，便想像出了桃花島的世界。

一月九日晚上九點，金庸攜夫人來到張紀中下榻處做客。在《神鵰俠侶》部分主創陪同下，金庸觀看了「小龍女被迷姦」和「楊過與小龍女在活死人墓習武」等片段。當鏡頭慢慢轉暗，背景音樂消失的時候，金庸帶頭鼓起掌並不住點頭說：「很好，到目前為止我很滿意。《天龍八部》有豪氣，《神鵰》表現出了兒女情長。紀中一部比一部拍得好，我先給你八十五分！」張紀中連忙說：「這些片段很簡單，但楊過與小龍女的感覺還是表現出來了。」金庸望着張紀中點頭讚許道：「港台版本不如你的好，你的已經超過他們了。」張紀中說：「我增加了小龍女與楊過分別十六年後的情節——夕陽下小龍女登高遠望，寄托思念。但我不希望把小說拍走樣。」金庸聽後連連認同：「這可以，我同意。」

一年後的九月，張紀中率《鹿鼎記》劇組移師金庸的故鄉海寧拍攝，這次《鹿鼎記》開場和結尾的重頭戲都在海寧鹽官古城拍攝。其實，按照原著，開場和結尾的故事背景都是在揚州，而張紀中卻很意外地選擇海寧鹽官拍攝，外傳張紀中是希望這部金庸劇能夠向金庸「獻媚」，所以才特地選擇金庸故鄉來拍攝。

對此，張紀中給出解釋，揚州現在變得很現代，根本找不到適合拍攝的地方，所以只好向小地方找外景。正好前陣子探訪金庸老家，路過鹽官古城，張紀中覺得這個地方與原著所描寫的場景很像，於是才會最終選擇鹽官。為此，他總共花了五十萬元為鹽官古城重新修葺一次，古城主幹道石馬路都是由劇組出錢重新鋪設的。

（三）

二〇〇三年十月八日，金庸首次登頂陝西華山參加「華山論劍」活動。在連過美人關、美酒關、聶衛平的殘局關後，金庸與張紀中等人唇槍舌戰、大話江湖。正暢快淋漓、相談甚歡之際，天色忽變，白雨跳珠，風雨瀟瀟。

金庸說：「突如其來的雨讓華山論劍添了幾分痛快，幾分豪氣……」有趣的談吐，話語尋常卻耐人尋味。張紀中仔細琢磨着，體會到其中的深意。

張紀中曾經很喜歡房子，總找機會買房，後來逐漸發覺居住空間其實不需要很大，佔有過多的居住空間，完全是浪費。於是在房價上漲最迅速的時候，他將一棟房子賣了出去，減去之前買入的價格，還賺了一百萬，他很高興，得意地跟金庸說：「我賣房子賺了一百萬。」

金庸聽了，笑眯眯地看着他：「我比你賺得多一點，我賺了一個億。」

張紀中才發覺，金庸比他有商業頭腦和投資意識，房子都買在有升值空間的地段，但並不以賺錢為念，也不以買房置業為樂。

二〇〇八年，八十多歲的金庸要去英國，在劍橋大學攻讀文學碩士學位。

聽說此事，張紀中疑惑：「您的學問都可以教他們了，還要去讀啊！」開着玩笑，但他心裡清楚，金庸是憋着一股勁兒呢。當年，金庸被授予浙江大學人文學院院長稱號，便有人站出來質疑，說他沒有上完大學，沒有學位。

其實，歷來大家不必有學位，魯迅，沈從文……眾多文學文化大家，都不是從學校的系統中走出來的。

但是，金庸大俠偏要跟年輕後生較這個真兒，他辭去了浙江大學人文學院院長的職務，到英國去讀文學碩士。

張紀中理解他心中所想，便送給他一支金筆，附贈了八個字：「好好學習，天天向上。」金庸很高興，帶着這支筆讀書去了。讀書期間，他經常給張紀中傳照片，是他在英國讀書的身影：金庸斜挎着小書包，拄着拐杖，查太太每天將他送上學，接下學，非常認真地讀完了課程。學業完成時，金庸邀請張紀中參加他的畢業典禮。可惜，當時的簽證流程複雜，等簽證辦好，畢業典禮早就過了，張紀中沒趕上，成為他的一大遺憾。

二〇一〇年六月和十二月，微博上兩次傳出金庸「去世」的謠傳，引起了軒然大波。

時過半年，張紀中特地到香港與金庸見面，第二天，他故意把他與金庸夫婦小聚共進晚餐的合照放在微博。照片中所見，八十七歲的金庸精神非常好，面容慈祥，不但高舉酒杯喝紅酒，還吃牛扒與海鮮、生蠔，感覺就像金庸自己筆下的老頑童。在旁的張紀中也不禁驚嘆：「老人家對往事依舊健談，胃口也不錯。」

過了些日子，他再次上傳兩人在金庸家中喝茶、相談甚歡的照片，張紀中寫道：「昨天（十一月十六日）下午與金庸老先生在家喝茶，回顧這十一年拍攝金先生作品的得與失。先生仍舊記憶清晰，笑談與我們在九寨溝趣事。」二〇〇四年九月下旬，張紀中率劇組在九寨溝拍《神鵰俠侶》，金庸前來探班。金庸夫婦前腳到九寨溝，邵逸夫夫婦隨後就趕到了。這倒不是他們事先約好的，純屬巧合。五十年的老朋友異地相見，自然要見個面。據張紀中向記者透露，晚上，邵逸夫打來電話，說要跟老朋友敘敘。金庸答應了，叫邵逸夫等二十分鐘，容他穿好衣服。誰知等到金庸穿好衣服，從邵逸夫那邊傳來消息，邵逸夫已經休息了。氣得金庸拿着拐杖，從六號樓走到五號樓邵逸夫入住的房間門前，用拐杖「咚咚」的敲開了房門連聲說，有錢也不能這樣欺負人。還拉上張紀中給評評理。張紀中立刻斬釘截鐵地說：「你對！」當然，最後兩人還是「相逢一笑泯恩仇」。不過張紀中告訴記者，他們倆是多年的老朋友了，邵逸夫不可能做這樣的事情，一定是手下的隨從傳錯了話，才導致了這場誤會。

張紀中寫道：「八十七高齡值得慶賀。五一我們見面一次，時隔五月，金庸先生依然談笑風生。他是一個非常好的頑童，八十多歲了還能夠去讀書，我覺得真是有點意思，蠻逗的一件事情。他去讀書我還跟他說，我說你這，當老師教他們，你的學問都有富餘了，你去讀什麼書呢？他讀完書回來，我也是很逗的送了他一支筆，我說你好好學習。」

這些照片和記述打破了早前金庸身體抱恙的傳聞。

翻拍了金庸的幾部作品之後，張紀中與金庸成了很好的朋友。「我覺得金庸給我們帶來了一個武俠的世界，很多人都喜歡看他的作品，但很多人看完之後並不知道自己為什麼愛看，我就來研究。金庸的作品帶給人一種俠義之心，他作品中的人物會感染你，比如郭靖，比如喬峰，久而久之這些人物會影響到我們自己為人處世的作風。所以我要把他的文字轉換為電視劇，將作品中的俠義之心帶給更多的人。」

又過了五年，金庸九十二歲了。二月初二「龍抬頭」的那天，張紀中專程赴香港祝壽。他特別將一個專門訂製、寫有「金庸」的精美花瓶，作為生日禮物送給金庸，金庸高興得不得了，仔細觀察撫摸。此前，張紀中在網上發起了「不老的金庸」話題，為老朋友祝壽，並徵集廣大網友對金庸的祝福。十多天裡，張紀中收到了大批金庸迷的祝福辭，還印製了一本《不老的金庸——喜慶金庸九十二歲壽辰》紀念畫冊，送給金庸。此外，他還特別訂製了風清揚、楊過、小龍女等金庸武俠經典人物公仔及兵器雕塑，以致敬金庸，回饋金迷。

「金庸館」於二〇一七年三月一日在「香港文化博物館」開館，張紀中參加了開幕典禮。七月，張紀中擔任總製片人的金庸劇《新俠客行》在中央電視台八套播出。

二〇一八年三月，張紀中以微信長文向金庸祝壽：「一十九年，情意深重，結一生良師益友；九十四載，江湖意氣，鑄武俠文化經典，親愛的查先生，祝你生日快樂，我永遠愛你！」

張紀中說：「說起電視劇創作，我們還因為拍電視劇爭執過，想來有趣而溫暖。真的懷念當年我們能夠一同探討問題的時光，真的懷念我們可以爭執問題的時光。你的人生態度，讓我讚嘆也讓我受益。」

金庸小說被改編成約六十部電視劇和四十部電影作品。因為不斷翻拍金庸劇，張紀中與金庸結下了不解之緣。張紀中用「他是一個非常好的頑童」來形容金庸。「我對金庸的印象挺好的，我和他很對脾氣。我覺得金庸是個謙謙君子，很講義氣。他很喜歡熱鬧，每次我們到香港，他都會陪我們，有時候一陪就七八個小時。」

「故事為王」源自金庸小說
——「小老鄉」編劇于正

金庸的「小老鄉」于正是一位電視編劇，很早是個「金庸迷」。他對友人說：「我要模仿金庸老師的不是武俠，而是歷史的再現。當然我還沒法跟老師比，但是我的語言，對歷史的理解力，學的鑾像他的。」

他自豪地說：「我未必是中國最好的編劇，但我是最會講故事的人。我是成功的製作人。」他說他的成功，是因為從小就是個金庸迷，從金庸小說裡得到了許多。

新版《笑傲江湖》是于正編劇的。于正對金庸作品的大幅度顛覆引來了眾多網友的熱議，有人稱「萌版」《笑傲江湖》是「金庸的外殼，瓊瑤的芯兒」。于正卻說這部劇是「最金庸」的。

（一）

于正原名余征，一九七八年二月生，跟金庸是同鄉。他家可以說全部是金庸的書迷，藏有全套的金庸武俠小說，特別是他的爸爸和外婆，不但看過金庸寫的作品，而且整天將這些武俠小說中的情節掛在嘴裡。受大人影響，還在讀小學的時候，于正就已成了一個「金庸迷」。

于正的父親十分喜愛中國歷史，跟朋友們海侃，說起金庸小說中的歷史故事來有板有眼，滴水不漏；還有外婆，曾經是風靡上海百樂門、仙樂斯的台柱名媛，一聊起陳年八輩的事兒來頭頭是道。他們將「歷史癮」傳給了于正。

于正的乳名叫「小熊」，小時候他太活潑了，膽子挺大的，什麼事兒都想著嘗試。七八歲的時候，不知怎麼的他成為書迷了，愛跑書店，買的小說書足足裝了半屋子。小學畢業的那年暑假，他開始完整地看金庸的小說。第一部是《雪山飛狐》，接著是《射鵰英雄傳》、《神鵰俠侶》……小說的優美文字、出神入化的意境常常使他著迷，漸而漸之，他對金大俠也產生了崇敬。有一天，他一個人坐火車去外地，為的就是買一套《碧血劍》。他跟同學「吹牛」說：「有一天我要做金庸的學生。」

後來，于正又迷上瓊瑤，迷上衛斯理，但金庸小說還是放在床頭，想起時隨手一翻。剛剛念高一，于正就學寫起小說來了。媽媽給他整理房間，從他的抽屜裡，常常捧出一把把寫盡了墨水的原子筆芯。

一九九七年六月，十九歲的于正高中畢業，獨個兒離開家鄉去上海。臨走時忘了帶媽媽給他準備好的秋衣，挎包裡只有三冊《天龍八部》。在中國戲劇學院做了旁聽生，學了一點兒表演技巧，他就約了幾個夥伴一起去「跑棚」。所謂「跑棚」，就是在幾個劇組的拍攝棚之間轉悠著，遇上導演招演員，碰巧了當上一個不起眼的角色。

那是一九九八年春，香港導演蔣家俊在內地拍攝電視劇《亡命天涯》，恰巧被于正碰上了，「小跑棚」在戲裡當一個很小的角色。一上場，他才發覺自己其實不是演戲的料，手發抖腿也發顫，還忘了台詞，導演老是罵他。主角吳倩蓮同情他，悄悄對他說：「你台詞說不好，你就念一二三四……」

導演還是罵他，于正實在受不了了，打算捲席回家。恰巧發生的一件事，讓于正時來運轉了。那天，導演與編劇為一場戲鬧紅了臉，編劇盛怒之下一走了之。這下可讓導演傻了眼：香港操作模式是一邊寫劇本一邊拍戲，沒有劇本電視劇就得「砸鍋」。聽說此事，于正跑去問導演：「我的作文很好，寫過小說，你可以讓我試一試嗎？」導演沒理會他，于正自顧自寫了幾集，然後將稿子塞進了導演房間的門縫。

這回，導演不罵他了，反而張開雙臂擁抱了他：「你這小子，真的把它弄得很像金庸像瓊瑤了，挺有感覺，只是寫作技巧差了點，台詞的味道不夠，不過可以改，電視接著拍！」

無心插柳之舉過後，于正作為演員的「演出」謝幕了，而編劇于正從此開始慢慢成長。

拍完《亡命天涯》，學校放暑假，于正便回到老家浙江海寧。剛待幾天，蔣家俊導演打電話給他，說是香港TVB影視公司在上海成立分公司，正招兵買馬，讓他去試試。于正樂了，第二天趕回了上海。於是，二十歲的于正當上了電視編輯，並且攀上了一個好老師——香港著名導演李惠民，其時一九九八年八月八日。

對外掛名是大編輯，內部分配卻是一個小學徒。他沒有一分報酬，也沒有諸如補貼之類的任何收入，卻每天要完成創作或輸入一萬八千字的任務。在那段長達兩年的艱苦日子裡，于正靠給電視臺寫欄目劇來維持基本的生活開銷。雖然每天的繁忙讓他疲勞不已，但一回到租住的小屋，一捧起金庸小說，累呀苦呀全沒了。在磨煉中，善於汲取的他從金庸的武俠小說和港臺電影中獲得精髓，除了與人合作創作了《金科傳奇》《我愛河東獅》等影視劇本外，還單獨創作了《帶我飛，帶我走》《水晶》等多部劇集。

「小跑棚」跑成功了。

一九九九年十一月，于正進入李惠民工作室，擔任編劇。于正表示：「這是我的幸運，我拜李惠民為師，從此有了暢想和盡意發揮的天地。李老師為我打開了一扇充滿想像力的門，讓我在不戲說的同時，遊走在歷史邊沿去猜測那些湮沒的故事……」

二〇〇一年七月，李惠民欲將荊軻刺秦的故事拍成電視劇。剛讀完《倚天屠龍記》的于正一口氣寫出了《戰國英雄》的故事大綱。由於投資方原因，直到二〇〇三年初，該劇才開機拍攝，于正重新歸隊改寫劇本，後來定名為《荊軻傳奇》。

這個劇算是他真正意義上的處女作，也是他涉足武俠劇的第一次嘗試。可惜最後因為署名權的關係，他和老師之間鬧得很不愉快，現在想想當年的自己挺孩子氣的，打在片尾就打在片尾吧，又有什麼關係呢？還是太年輕了……

許多人對于正離開李惠民是帶著莫大遺憾的，而當于正再度出現在我們的視野中時，他已經完成了一個「小跑棚」向「故事之王」編劇的轉變。

（二）

二〇〇一年春，于正赴港參加香港國際電影節，意外地見到了金庸。老鄉見老鄉，知已的話兒說不盡，金庸說的是海寧的風土人情，于正說的卻是他的電視夢。他說：「我要學習老師您當年辦《明報》的勁兒，在娛樂界闖出一條自個的路。」金庸語重心長地告誡他：「寫作是一份苦活，必須耐得住寂寞，千萬不可這山望著那山高，要作長期的打算，並且十分努力。」于正說：「我記住了您的話，將來我成功了，一定將您的小說改編成電視劇。」金庸鼓勵他：「你會成功的，我的小說你可以隨時改編，我不會找你的麻煩。」第二天，金庸的秘書專門來到于正下榻的賓館房間，送來一套《書劍恩仇錄》，書的扉頁有金庸的題字。

這以後，于正經常寫信給金庸，向他彙報自己的最新創作情況。金庸也給他回過幾次信。

二〇〇三年七月，于正簽約臺灣星之國際娛樂公司擔任編劇，同時，「于正工作室」在上海掛牌。

二〇〇四年春，于正開始創作《烟花三月》。這是一出清宮戲。主角納蘭容若是清朝第一詞人，劇本講述他與順治帝的陪陵妃子孔四貞、罪臣之女沈宛之間的愛恨情仇。「這個戲非常悲壯，男主角死了，他所愛的女人也全都死了。」納蘭容若是于正從小迷戀的一個詞人。他說，感覺他的詞特別有嚼勁，就去找了《納蘭詞》，一遍又一遍地反覆吟誦，再翻書研究他，腦子裡浮現起關於他的故事幻想……

《烟花三月》在臺灣熱播，打敗了臺灣最紅的閩南語劇《意難忘》。圈內人士稱：「于正的作品不但具有商業性，更具有可看性，他迅速成為多家名牌影視投資公司的搶手編劇，在於市場頭腦和他對電視的感悟。」其實這話說對了一半，沒說的另一半是金庸小說對他的啟發和引導。

在編劇生涯中，于正為了劇集而不計金錢的投入，甚至「以寫養戲」的做法，也使得出爐的成品幾乎部部都獲得了高收視率、觀眾的追捧以及商業上的成功。《胭脂雪》《最後的格格》《美人心計》《鎖清秋》《大清後宮》《宮鎖心玉》播出後，收視率捷報頻傳。

浙江海寧是金庸的故鄉，也是于正從小長大的地方。他曾經透露：「《胭脂雪》和《鎖清秋》都發生在同一個地方——平安鎮，這個名字來源於我的家鄉——長安鎮。長相思，在長安，桃花也好，虹橋也好，都承載了我對江南的所有暢想，美若夢幻，無與倫比……」

（三）

二〇〇七年底，四十二集電視連續劇《楚留香傳奇》登陸央視八套黃金檔，編劇是于正。于正筆下的新版《楚留香傳奇》，情愛關係、人性糾葛、市井生活、男扮女裝、公主僕人情愫等各種抓人元素很全面，氣息上既凸現了古龍小說裡的奇、異、酷、寂寞，也融合了金庸劇人文、浪漫的優點。

有人問他：「你只拍古龍小說，對金庸小說改編成電視劇，聽說你多次拒絕，為什麼？」于正說：「金庸老前輩是我的偶像，因為我們都是海寧人，我一直以此為榮，小學時就開始看他的作品了。

算一算，我已經推掉了四部金庸戲了，《越女劍》、《神鵰俠侶》《笑傲江湖》和《鹿鼎記》，朋友覺得奇怪，問我為什麼那麼排斥金庸劇，好些編劇一輩子不就等那麼一齣戲嗎？可是我不，我有我的理由。」

接著，他說出了他不接金庸劇的三大理由。第一，金庸的東西架構太完整，可以發揮的地方不多了。如果我改編金庸劇，發揮太大或者發揮不好都會被「金庸迷」罵。第二，金庸小說幾條線交織在一起，改編成電視劇肯定要砍了再砍，如這樣，喜歡金庸的人就不會喜歡看這些電視了，那何必拍電視，去看小說好了。第三，你改編得再好，人家也說是金庸的「寫得好是金庸好，寫得不好是編劇不好，吃力而不討好，我不幹！試問距今為止有沒有一部金庸劇真正能涵蓋金庸思想的？即使有收視率不錯的，如《天龍八部》，又有誰記得編劇是誰？現在我寫我自己的東西，至少好的壞的都是我的。我承認我功利了。」

于正說出了實話：「武俠我只喜歡金庸和古龍，喜歡金庸是喜歡他的歷史感和宏大的氣勢，喜歡古龍，喜歡他的人性描寫。我願意改編古龍小說，是因為他的小說對白性強，文字描述少，故事架構比較單一，當電視劇改編比較適宜。你看，《楚留香傳奇》的成功就是最好的例子了。」

于正鄭重地說：「目前我不會接任何金庸劇。我很慶幸，《鹿鼎記》那會兒猶豫半天還是決定不接，至今不後悔。但是，我會期待每一部金庸劇，看看別人是怎麼改編、怎麼拍的，然後去金庸論壇大放厥詞，這也是一件十分痛快的事。」①

二〇〇九年五月，在「二〇〇九中國影視編劇塘棲雅集」論壇上，于正大膽提出以劇本為先即「故事為王」的觀點。他說，這個觀點源自於金庸小說：「金庸的武俠小說有上億的觀眾，吸引人的是俗極而雅故事，金庸編造出了一個個神奇好看的故事，我讀他的小說很受啟發。」

拍了幾部宮鬥劇後，他想起了自己對金庸的承諾。得知家鄉海寧的武俠影視拍攝基地掛牌，他立刻回了一次家，在自己的家門口選景，尋找故事。然後開始撰寫《笑傲江湖》的劇本。

二〇一三年春節，于正版金庸劇《笑傲江湖》在湖南衛視首播。在大量口水中，該劇收視率一路高歌猛進。該劇的目標收視群體是九十後，他們不但讓這部電視劇躋身收視冠軍寶座，更放出「沒有于正誰知道金庸」的驚人之語。其實，自香港電影導演胡鵬一九五八年第一次將《射鵰英雄傳》搬上銀幕以來，金庸小說每一次被搬上熒屏都會引發爭論。而對於這些改編，金庸很少有滿意的。

于正發揮了自己的原創能力。因而，我們看到原著中權欲熏天的東方不敗變成了四角戀中的

① 于正《我為什麼不接金庸劇》，新浪博客，二〇〇六年一月五日。

癡情少女，並遭遇了一個不懂愛的帥哥；原著中近乎完美的任盈盈則成為腹黑型的愛情殺手，並符合了無數年輕女性觀眾生活中假想的情敵形象，而原著中色魔田伯光則突然有了一段意外戀情，這是日本動漫中反派人物往往都有的容易引起觀眾同情的感情經歷，而且田還成了像主持人歐弟那樣的耍寶高手。

于正不如梁羽生那樣熟悉武術打鬥，也不如金庸那樣擅長處理人物在時代大背景下的愛恨情仇。于正擅長處理的是小兒女的情與怨，而且從市場表現看，于正的宮鬥劇、家鬥劇很受家庭中老年婦女、年輕觀眾的歡迎。于正認為《笑傲江湖》情感戲不濃，整部戲打的太厲害：「所以我就想讓它稍微有一些情感。但是我加了這麼多，感情戲也只佔到四分之一。原著中的英雄俠義也都保留了，所以它還是一部武俠劇。」除了武俠、情感，成長、喜劇元素也有加入，「喜劇四分之一，成長四分之一，情感四分之一，武打四分之一」。

第一次改編金庸的作品，于正透露在臺詞方面還是比較謹慎，不敢太現代化，基本沿用原著中的對白，實在需要另外的臺詞，也會從金庸的其他作品中攫取。

二〇一三年六月，于正參加了上海電影節，他透露，緊接著他將著手改編另一部金庸經典作品《神鵰俠侶》。他會尊重原著：「我覺得歷版都沒有拍出精髓，這次我更多的是把一些書上暗寫的東西把它明寫了，但是沒有添加自己的東西。」在于正看來，《笑傲江湖》沒有歷史背景的限制，看不出來是發生在哪朝哪代，屬於純江湖描述，但《神鵰俠侶》有著具體的歷史背景。于正稱，他對《笑傲江湖》最陌生，對《神鵰俠侶》最熟悉，《神鵰俠侶》中的每個人物、細節他都爛熟於心，「我希望能拍出一版味道不一樣的《神鵰俠侶》。」

于正承諾不會改動太多：「《神鵰俠侶》每一場戲都是我的興奮點，是我喜歡的東西。金庸在前幾年有一個新修版，他自己改了許多。我覺得，把新修版一比一地搬到熒幕上就是最好的。」當然，于正還是忍不住添加了一些個人的東西，「李莫愁的過去我給加滿了，放大了，其他的沒有添加什麼。」

有趣的是，因《那些年我們一起追的女孩》走紅的「台灣女神」陳妍希，在于正的《神鵰俠侶》中飾演了小龍女，雖然造型被嘲「小籠包」，但她卻也因這部金庸劇與楊過扮演者陳曉喜結連理，成為「神鵰俠侶」。

之後，于正又瞄準了《倚天屠龍記》的翻拍。于正的微博留言說，他已經把《倚天屠龍記》的拍攝版權買到手，和金庸簽約。據悉，《倚天屠龍記》的改編翻拍權由之前于正版「笑傲」、「神

① 陳文《于正欲拍〈神鵰俠侶〉稱味道一定不一樣》，《新聞晨報》，二〇一三年二月十九日。

鵰」的出品方華夏視聽正式與金庸方面簽約。于正透露，雖然他本人還未與出品方華夏視聽簽約，但已經口頭答應要做這個項目。①

二〇一四年底，臺灣的瓊瑤起訴于正的《宮鎖連城》侵犯《梅花烙》的改編權。最終法院判決瓊瑤勝訴。于正痛快地繳納了賠償款，卻堅持不肯公開道歉。一年之後，于正寫了篇日誌，說去年是他的本命年，命運給他布下了很大一盤棋。「我開始為我的年少輕狂，口不擇言買單……我學會了去沉默、理解和懂得，儘管天分依舊不好，但也開始慢慢想通如何去適應這個圈子！」敗訴被打上「抄襲」烙印的于正，之後仍舊以每年兩到三部戲的速度鞏固他在這個市場裡的地位，每部都沒有大紅大紫但也不是全無水花。

二〇一八年的夏天，《延禧攻略》收視率碾壓了同一時間段的其它電視劇。擔當總製片人和藝術總監的于正一下子「鹹魚翻身」。金庸劇《倚天屠龍記》的翻拍，重新回到了他的案頭。

① 汪言《于正要拍〈倚天屠龍記〉稱已和金庸簽約》，《深圳特區報》，二〇一四年三月十日。

金庸最佩服的「棋聖」

——「大國手」吳清源

有人曾在閑談中問金庸：「古今中外，你最佩服的人是誰？」金庸衝口而出：「古人是范蠡，今人是吳清源。」

金庸認為，吳清源有「極高的人生境界」，「他的弈藝，有哲學思想和悟道作背景，所以是一代的大宗師，而不僅僅是二十年中無敵於天下的大高手。大高手時見，大宗師卻千百年而不得一」。

八十多年前，一位年僅十四歲的中國少年東渡日本，藝成之後攜劍出山，三十年間笑傲江湖，打敗了日本當時所有頂尖高手。有人稱之為「大國手」，也有人尊其為「棋聖」。金庸則把他比作自己筆下的風清揚，清靈飄逸，仙風道骨，獨孤求敗。這位傳奇人物就是吳清源。

（一）

吳清源與金庸的交往一直是人們津津樂道的話題。但吳清源談起金庸卻是淡淡如水，毫無喜怒。「我們認識十幾年了吧，他是一直支持圍棋，曾經招待過許多棋手。當時他招待我，費用都是他出。

他的棋力我讓他四子。」

二十世紀三十年代，當青年吳清源在日本大戰圍棋高手的時候，比他小十歲的少年金庸才初執棋子。

那時，江浙一帶圍棋之風很盛，每一家比較大的茶館裡總有人在下棋，經常有一堆堆的人圍着看棋。金庸的家鄉浙江海寧是圍棋之鄉，清代曾出過棋聖范西屏、施定庵。舊時他家有一小軒，是他祖父與客人弈棋處，掛了一副對聯：「人心無算處，國手有輸時。」他小時候看了不解其意。七歲學棋時，父親就告訴他說，棋界第一英雄的名字就是吳清源，他最初的棋書也是吳清源的《黑佈局》和《白佈局》。隨着成長，金庸漸漸地明白吳清源這個名字代表了什麼。他從不敢奢望吳清源會收他做弟子，只想能夠有機會見一見自己心目中的神，這位在棋盤上創下了驚天動地戰績的英雄。

在《大公報》工作時，金庸常和梁羽生、聶紺弩等人下圍棋。那時，他雖然未曾與吳清源謀面，但他關注着吳清源在日本的一場場對局。他寫過《圍棋雜談》等「棋話」，說「前幾天看到北京出版的一本日文本的《人民中國》雜誌，上面有一篇介紹圍棋的文字，還附了范西屏與施定庵的一局對局。范、施是清代乾嘉年間的兩位圍棋大國手，棋力之高，古今罕有，直到現代的吳清源才及得上他們」。

在「三劍樓隨筆」的《歷史性的一局棋》裡，更是繪聲繪色地講述了吳清源初露頭角的故事。吳清源於一九一四年六月出生於福建省閩侯縣（今福州市）一個鹽商家庭，幼時家道中落，隨父母遷至北京，住在大醬坊胡同二十二號。他的父親吳毅在北洋軍閥段祺瑞手下當「部員」閑職，家境很窮，仗着「圍棋」有幾度散手，常常和別人賭賽，就像香港某些職業象棋手一樣，每局賭一兩個銀元。有一次吳毅和一個胖子下棋，賭注是五塊銀元。在那時，這賭注是很高的了。吳毅不知是心理緊張還是技不如人，未至中局就給別人佔盡上風。他眉頭一皺，借入廁為名，躲到廁所去松一口氣，並想着下一着的挽救方法。

吳毅去了許久不回來，那胖子等得不耐煩了，嘲笑着吳毅借故遁逃。在一旁的吳清源這時冷冷地說道：「我替父親下幾步好不好？」那時只有十二歲的吳清源還未與人對過局。那胖子大笑道：「你輸了你爸爸會認數嗎？」吳清源道：「怎見得是我輸呢？等我輸了你再說不遲，我沒錢就脫衣服給你。」那胖子本來好勝，見這個小孩子不把他放在眼內，不禁大怒，就和他續下去。

吳清源像小孩子玩石子似的，隨手將棋子丟落棋盤，簡直不假思索，不過一二十手就扭轉大局，轉敗為勝。那胖子不服氣，再和他下一局，賭注十元，結果又輸。事後父親吳毅問他：「我又沒教你下棋，你幾時學會的？怎麼這樣大膽？」吳清源道：「我天天看你下棋，不學也會啦！我是看準能贏才動手的呀！」

自此以後，吳清源「圍棋神童」之名傳揚開來，段祺瑞知道了，特別叫人找他去下棋。段祺瑞的棋力很高，他自誇是「七段」，大約可相當於日本的四段。吳清源就跟他下了一盤。段祺瑞下棋很快，看吳清源是小孩子，就用無理手欺負他，最後被吳清源抓住破綻，贏了那盤。段祺瑞家裡請的一些棋手跟他說：「你怎麼能贏了他呢？你要讓着他，他就高興了！」後來下棋，吳清源就不敢贏他了，可段祺瑞已經看出他的實力，對他說：「你不要害怕，你能贏我我才高興呢！」果然，此後再下就都是吳清源贏了。

吳清源被段祺瑞賞識後，家庭境況好了許多，父親也升了官，他更可以安心下棋了。一九二六年，日本的井上孝平五段到中國遊歷，在北京的青芸閣茶樓與吳清源對局，吳清源「打黑手」（下圍棋持黑子的先下，打黑手等於象棋中的被讓先）勝。繼之而來的是岩本熏六段，讓吳清源二子，吳又勝。還有橋本宇太郎和吳清源下過幾局，互有輸贏，那時吳清源才十三歲。

吳清源能與高段互有勝負，傳至日本，令日本棋手大吃一驚。當時日本的八段瀨越憲作看了吳清源的棋譜，嘆為天才，遂資助他到日本去學習圍棋。

一九二八年，十四歲的吳清源舉家東渡日本，拜在瀨越憲作門下。天才的吳清源很快便在日本棋壇掀起了一場改變故有觀念的風暴，他與好友木谷實提倡「新佈局」，革新了受傳統桎梏的日本圍棋理念。一九三三年，吳清源在與當時日本棋界的權威本因坊秀哉的「名人勝負棋」中下出了「三三・星・天元」的佈局，震動天下，令圍棋的發展邁入了一個新階段。

金庸以「歷史性的一局棋」描述了吳清源當年「獨孤求敗」的情景：

一九三三年，日本圍棋界出現了被稱為「吳清源流」（即「吳清源派」）的一群人。對這樣一件大事，日本圍棋界的至尊本因坊秀哉當然要表示意見。這位老先生大不以為然，認為標新立異，並不足取。兩派既有不同意見，最好的辦法是由兩派的首領來一決勝負。

那時，吳清源二十二歲。

棋局開始，吳清源先行，一下子就使一記怪招，落子在三三處。這是別人從來沒用過的，後來被稱為「鬼怪手」。秀哉大吃一驚，考慮再三，決定用成法應付。下不多子，吳清源又來一記怪招，這次更怪了，是下在棋盤之中的「天元」，兩手怪招使秀哉傷透了腦筋，他當即「叫停」，暫掛免戰牌。

棋譜發表出來後，圍棋界群相聳動。守舊者說吳清源對本因坊不敬，居然使用怪招，頗有戲弄之意。但更多人認為，既然是新舊兩派的大決戰，吳清源使出新派的招數，也無可非議。

這次棋賽規定雙方各用十三小時，但秀哉有一個特權，就是隨時可以「叫停」，吳清源沒有這項權利。秀哉每到無法應付時，立即「叫停」。「叫停」之後不計時間，他可以回家慢慢思考幾天，等想到妙計之後，再行出戰。所以，這一局棋因為秀哉不斷叫停，拖延了四個多月。

棋賽的經過逐日在報上公佈，棋迷們看得很清楚，吳清源始終佔着上風。日本棋迷對於權威被打倒不免暗暗感到高興，但想到日本的最高棋手竟敗在一個中國年輕人手裡，又很喪氣。在這幾個月中，日本的棋迷們又興奮，又擔憂，心情十分矛盾。

在本因坊家裡，情形尤其緊張。秀哉每天召集弟子們開會，商討反攻之策。秀哉任本因坊已久，許多高手都出自他的門下，就日本傳統棋界而言，此戰可謂榮辱與共。所以，這一局棋，其實是吳清源一個人力戰本因坊派數十名高手。

下到一百四五十手時，局勢已經大定，吳清源在左下方佔了極大的一片。本因坊的會議開得更頻繁了。第一百六十手輪到秀哉下子，他下了又凶悍又巧妙的一子，在吳清源的勢力範圍中侵入了一塊。最後計算，是秀哉勝了一子，大家終於鬆了一口氣。雖然勝得很沒有面子，但是，本因坊的尊嚴勉強維持住了。

十多年後，日本圍棋界的元老瀨越憲作透露了一個秘密：那著名的第一百六十手不是秀哉想出來的，是秀哉的弟子前田陳爾貢獻的意見。這時，秀哉已死，他的弟子們認為這個消息有損老師的威名，逼迫瀨越辭去日本棋院理事職務。

此事過去了許多年，有人問吳清源：「當時你已勝算在握，為什麼還是輸了？」因為秀哉雖然下出巧妙的第一百六十手，但吳還是可以勝的。吳笑笑說：「還是輸的好。」事實上，要是他勝了那局棋，只怕以後在日本棋界就無法立足了。①

一九三九年，在秀哉病逝後，吳清源與木谷實展開了爭奪日本棋界第一人的最殘酷的「升降十番棋」較量，吳清源以將木谷實在交手棋份上降格為「先相先」的方式獲得勝利。在未來的十七年裡，飽受戰爭離亂、外界壓力、衣食無着之苦的吳清源在殘酷且事關名譽的十番棋中分別迎來了大前輩雁金准一、後輩藤澤朋齋（三次）、師兄橋本宇太郎（兩次）、前輩岩本薰、後輩坂田榮男、高川格的挑戰。這個對手陣容囊括了當時日本棋壇的最強者，而吳清源將這些對手一一擊敗，全部降格，開創了圍棋史上的「吳清源時代」。

要知道，當時日本是圍棋王國，一九六一年派出一個五十四歲女棋手「伊藤老太太」就能夠

① 金庸《歷史性的一局棋》，香港《大公報》，一九五六年十二月八日。

橫掃中國棋手；更要知道，那段時光中日關係一直處於不正常狀態，吳清源輸棋就將「掉落懸崖」。

棋迷都會用「棋聖」這個詞來形容吳清源；如果從「以無法為有法」、「以無招為有招」的一貫弈棋風格來看，只有金庸筆下的「獨孤求敗」可以描述吳清源數十年在棋道上的造詣。

金庸說，吳清源將「這門以爭勝負為唯一目標的藝術提到了極高的人生境界……大高手時見，大宗師卻千百年而不得一。」「在二千年的中日圍棋史上，恐怕沒有第二位棋士足與吳清源先生並肩。」

（二）

一九八五年，吳清源實現了戰後第一次訪問中國。此後，他每年一次到大陸或台灣，最長的一次，從遼寧的大連到瀋陽，又從瀋陽到黑龍江的哈爾濱……在東北轉了一圈，出席了瀋陽等地舉行的中日兩國圍棋愛好者的交流活動。

當年，電影《一盤沒有下完的棋》風靡中國，給中國觀眾留下了極為深刻的印象，這部電影的人物原型就是吳清源。與棋盤上的輝煌相比，吳清源的生活卻是顛沛流離、坎坷曲折。他在很長一段時間裡居無定所，輾轉漂泊，竟然被視作沒有國籍沒有身份的人，然而對於棋道一心探求生活真諦的吳清源而言，這些不幸都宛如浮塵。

一九八六年，吳清源獲香港中文大學榮譽博士。在香港，金庸邀他到家中下棋，設家筵款待吳清源和林海峰師徒，聶衛平作陪。

吳清源說：「我正式的名字是『泉』，『清源』其實是我的字。無論是『泉』還是『清源』，都是和水有關，因為我出生的那天正好是雨季，雷雨特別厲害。母親把兩張八仙桌並起來，在上邊鋪上布墊，才生下我的。所以下棋時我不討厭打雷，還有點兒喜歡，特別來勁。」

金庸問林海峰：「你在中國台灣，吳先生在日本，你怎麼會認識他拜師的？」吳清源代弟子回答：「一九五二年八月我去中國台灣，台灣圍棋協會授予我『大國手』稱號。中國的『國手』稱號和日本圍棋中的『名人』稱號一樣，榮譽很高。他們安排了一場測試，讓我跟少年棋手下棋。那時，林海峰只有十歲，會堂裡來了好幾百人。我讓他六子，進行到一半的時候，林少年的棋就完全不行了，看樣子馬上要認輸了。但就在這時，他突然拿出自身的力量，將局勢挽回了不少。後來才聽說，原來事先有台灣的一流高手幫助林少年研究對策，但是結果還是我贏了一目。測試棋之後，棋協理事長周至柔先生問我，如果林少年去日本的話，能不能下到六段或是七段？我回答說，要盡早讓他去日本留學。」兩個月後，林海峰來到了日本，讓他作為日本棋院的院生開始了圍棋學習。因為吳清源和他離得很遠，所以實行的是通信教學，把他下的棋譜抄下來寄給吳清源評註後再寄回去。一九六五年，林海峰獲得第四期名人戰冠軍，二十三歲就成為歷史上最年輕的「名人」。

金庸曾拜聶衛平為師。在飯桌上，聶衛平問金庸：「吳先生像你小說中哪個人物？」金庸不假思索地回答道：「風清揚，《笑傲江湖》中的風清揚！」

金庸酷愛圍棋，在他的許多小說中都有高手對弈，妙局制敵的描寫，如黃眉大師坐鬥「惡貫滿盈」、木桑道長邀棋而戰、「黑沼隱女」以棋作術數，《天龍八部》中的「珍瓏棋局」，將「棋心」與「禪心」契合……這些描寫以文寓武，張弛有道，成為「金迷」和棋迷心目中的經典。「常有人問起我下圍棋的種種來，就直接的影響和關係而言，下圍棋推理的過程和創作武俠小說的組織、結構是很密切的……」

金庸迷圍棋有一個特殊的癖好，就是拜高手為師。歷史上徒弟段數最高的，大家公認是吳清源的好友木谷實，總共超過五百段，與木谷實相比，世界上師父段數最多的現在肯定是金庸，一百段以上。此刻，他又拜吳清源為師。

金庸拜師完全不守武林中人入門以後從一而終的規矩，不分門派，不分輩分，只要藝高，他就要拜師，而且學不學得到本領不論，拜師的儀式卻一點不肯馬虎，往往堅持要行跪叩的大禮。吳清源受禮後，他又要拜林海峰為師。林是吳的弟子，金庸十分誠意地要拜，林海峰卻怎麼也不敢受。僵了好一陣，最後還是搬了一張太師椅來，林海峰端坐其上，金庸畢恭畢敬地鞠了三個大躬。然而，吳清源雖已是師父，但此時升格為師祖，又受了三鞠躬。多年以後，金庸、林海峰等人倡辦了「炎黃杯」名人圍棋賽。

二〇〇一年八月，首屆中國貴陽國際圍棋文化節在貴陽舉行，吳清源和金庸相約而聚。與大俠相逢貴陽，金庸十分高興。他說：「最高興與吳清源大師見面。」「圍棋是很講天份的，吳清源大師這樣的天才幾百年才出一個，他的棋藝和人品都是我所崇敬的。」①

來到貴陽，吳清源和金庸抽空與築城棋迷「夜話江湖事」。

吳清源當年在日本曾打敗了所有的頂尖高手，被尊稱為「昭和棋聖」，世界棋界更把吳先生尊為「一代棋聖」、「棋界泰斗」。而吳清源則對這些名譽一笑哂之。他說，他當年拒絕了台灣為他頒發的「棋聖」稱號，「孔夫子才能稱『聖』，我覺得我不夠資格，聖人等於我們人的最高層次，我不敢接受。」因此吳清源只接受了「大國手」的稱號，終生未受「棋聖」之稱。

① 石新榮、陳志强《金庸貴陽話圍棋，最高興與吳清源大師見面》，新華社，二〇〇一年八月十日。

金庸很欽佩吳清源，認為他是千年難出的天才，把吳清源比作自己筆下的風清揚，一個不願捲入門派內鬥，卻使得一手絕世好劍的隱士，有着不計勝負的高遠意境、獨步天下卻淡泊名利的寬廣胸懷。正是這樣的人生修為，才使吳清源渡過他生命中的重重苦難，無論是在夾縫中生存的艱難，生活的漂泊和清苦，遭遇車禍後的精神錯亂和棋力的下降，都在他的靜心修為中化成笑談。「獨孤九劍，沒有定式，變化無窮。他就像風清揚，清靈飄逸，仙風道骨。」

對金庸的讚譽，吳清源不太明白：「風清揚是誰？我不知道，我不清楚武俠小說，但俠客我知道。我喜歡的項羽就是俠客，『大風起兮云飛揚』……」

也許是因為吳清源的棋風歷來都是無拘無束、擺脫成規的，所以很多棋友都說他的棋藝有一種江湖遊俠自由飛揚的氣質。不知是不是因為對文字理解的不同，吳清源對『俠』的稱呼也不認可。他說：「我的棋不是俠。他們日本才好俠客，孔子就看不起俠客。他們日本人推崇武士道，是要拿着刀殺人的，孔子說這是匹夫之勇。」

金庸也侃侃而談。圍棋有兩個概念，「厚」和「薄」、「輕」和「重」；「厚」和「輕」本來是好的，「薄」和「重」是壞的，有人說對應起來，是不是有點矛盾？實際上它們是互相補充的觀念。宋朝為什麼衰弱，老是在議和，這就好像圍棋上的原則，宋朝把全國的軍隊都集中在開封，中央重、四周薄，戰略要點上都不防御了。陳毅元帥曾說過，「國運盛，棋運盛」，如果像貴陽這樣大規模地普及及提高圍棋之道，我們就無敵於天下了。①

有一日，圍棋老師王立誠和棋友到金庸家作客。晚上，他們借棋書研究，選中的是平凡社出版的四卷本《吳清源打棋全集》。發現金庸在棋書上畫了不少紅藍標誌，稱讚他鑽研用功，問：「為什麼吳老師輸了的棋你大都沒有打？」金庸答：「我敬仰吳先生，打他大獲全勝的棋譜時興高采烈，分享他勝利的喜悅，對他只贏一目半目的棋局就不怎麼有興緻了。至於他的輸局，我通常不去覆局，打這種譜時未免悶悶不樂。」

這一問，金庸明白了自己是以娛樂的心情去打譜，用功自然是白用了，所以棋技一直沒有長進。其實，吳先生即使在負局之中也有不少精妙之着，但這些妙着和新穎的構思，也只有專家棋士才能了解。數百年之後，圍棋藝術更有無數創新，但吳先生的棋局仍將為後世棋士所鑽研不休，因為吳先生的棋藝不僅存在一些高超的精妙之着，更在於棋局背後所蘊藏的精神與境界。

① 楊紅翥《吳清源金庸陳祖德三位大師談棋論道》，《春城晚報》，二〇〇一年八月十七日。

（三）

金庸七十七歲時，獲得「全球中華文化藝術薪傳獎」之終身奉獻獎，當年赴日本橫濱神奈川大學參加金庸小說研討會。距離東京近一百公里的神奈川縣小田原市，是一處安靜的小城。沿着很僻靜的一條半山上的路走上去，便是吳清源的家。這是金庸第一次登門拜訪吳清源，兩人品茶下棋。

最近這十幾年，吳清源已經不再和人正式對局，但是他一顆求道的心卻從來沒有變過，依然在研究棋，用圍棋演繹《易經》，從中體味人生的真諦。

金庸以棋寫人、喻人，喻人生百態、人心百態，發揮得淋漓盡致。《天龍八部》中的「珍瓏棋局」，不同的人在這個棋局面前，面對的都是自身的命運。

吳清源從小學《中庸》、《大學》，後來又精研《易經》，早已把陰陽和諧之道融入他的圍棋理論之中。最出人意料的是，吳清源以畢生之體悟，融匯古老的中華文化，提出二十一世紀的圍棋——六合之棋。所謂「六合」，在古文裡是宇宙的意思，表示東西南北的四方和上下的天地。也就是說，圍棋的目標不是局限於邊角，而是應該很好地保持全體的平衡。

正是最後的一筆，吳清源完成了從「一代戰神」到「曠代宗師」的轉變，也正是這一點使金庸無比敬仰，不吝稱賞。

晚年，吳清源出版自傳《天外有天》，記錄了在動亂的昭和歷史上一位曠世奇才在異國他鄉獨闖天下的故事。金庸為之作序《崇高的人生境界》，開門見山地寫道：「《天外有天》這部書寫出了吳先生一生弈棋的經歷。我們從中可以看到，吳先生畢生所尋求的，其實是一個崇高的心靈。只因為他的世俗事業是奕棋，於是這崇高的心靈便反映在棋藝上。新佈石法、大雪崩內拐的定式，以及其他各種為人盛所稱道的創造，其實只是餘事而已。在吳先生崇高的心靈中，恐怕在近百局「十番棋」中將當世高手盡數打得降級，也只是人生中微不足道的過眼烟雲吧。」①

於是，同樣鍾愛圍棋、晚年修佛的金庸，用筆墨描繪了一個崇高的心靈：「圍棋是中國發明的，近數百年來盛於日本。但在兩千年的中日圍棋史上，恐怕沒有第二位棋士足與吳清源先生並肩。這不但由於他的天才，更由於他將這門以爭勝負為唯一目標的藝術，提高到了極高的人生境界，吳先生在圍棋藝術中提出了『調和』的理論，以棋風犀利見稱的飯田榮男先生也對之一再稱譽，認為不可企及。吳先生的『調和論』主張在棋局中取得平衡，包含了深厚的儒家哲學和精湛的道家思想，吳先生後期的弈棋不再以勝負為務，而尋求在每一局中有所創造，在藝術上有新的開拓。

① 金庸《崇高的人生境界》，《天外有天・序》，北京燕山出版社，一九九六。

放眼今日中日棋壇，能有這樣胸襟的人可說絕無僅有，或者梶原和大竹兩位略有近似之處吧，但說到天才，卻又遠遠不及了。佛家禪宗教人修為當持『平常心』。吳先生在弈藝中也教人持『平常心』。到了這境界，弈棋非但不是小道，而是心靈修為的大道了。吳先生愛讀《易經》、《中庸》。他的弈藝，有哲學思想和悟道作背景，所以是一代的大宗師，而不僅僅是二十年中無敵於天下的大高手。大高手時見，大宗師卻千百年而不得一。」

金庸說，吳清源所謂「兩星之間」的那顆星，正應「北極星」之說。吳清源的貢獻遠不止在於棋盤之上。一生坎坷曲折的他，淡泊名利、一心求道，而將各種不幸視如浮塵。

及至晚年，吳清源矍鑠如故，每日研究圍棋不輟，親身向世間踐行了「下圍棋，得天壽」的道理。他經常跟人說：「總要活到一百歲，事情才能做完。」痛失夫人的吳清源依然頑強地活着，享受着圍棋，追隨着自己的信念。

二〇一四年十二月一日，一代棋聖吳清源逝世，一百歲下完了「一盤棋」。

「在徒弟當中我最喜歡金庸」

——金庸行過大禮的棋師聶衛平

聶衛平是中國圍棋史上唯一正式獲得「棋聖」殊榮的人，他是金庸的圍棋老師，金庸行過大禮。他倆和林海峰、沈君山共同發起舉辦了「炎黃杯」名人圍棋邀請賽。

聶衛平對金庸的欣賞，完全是在棋盤之外。他說：「在徒弟當中我最喜歡金庸，雖然他的棋是我徒弟裡最臭的。」

金庸則喜歡聶衛平的性情：「至於他喜歡打牌與喝酒，我覺得一個人性格是這樣，勸不過來的，我自己的性格也是這樣。」

（一）

一九八三年，聶衛平正在廣州進行「新體育杯」的衛冕戰，突然有人轉告他，金庸要在從化拜他為師。

幾年前，聶衛平聽說金庸是一個不折不扣的圍棋迷，在他的小說裡經常有關於圍棋的描寫，甚至還把棋子當成大俠的暗器，甚為有趣。不僅如此，二十世紀八十年代，金庸時常把書送到國家圍棋隊年輕國手每天躲在被子裡，打着手電看他的書。聶衛平便向隊友借了幾冊金庸小說來讀。金庸得知後，特意從香港寄了一套小說給聶衛平。聶衛平雖然讀過他的小說，可並不認識他，今天他怎麼要拜他為師了呢？

聶衛平以為他不過是想跟他學學棋，而且也想認識金庸，於是就趕到了從化。一見面，金庸真的就要像他在小說裡描寫的那樣行大禮，三叩九拜，舉行拜師儀式。金庸比聶衛平大二十多歲，這讓他怎麼受得了。聶衛平大大咧咧，不客氣地說：「鞠三個躬就行，現在不是古代了。」金庸果真照做，恭恭敬敬鞠了三個特別深的躬。就這樣，聶衛平成了金庸的老師，金庸一見到聶衛平就以「師傅」相稱。[①]兩人也就成了很好的朋友。

「此後，一有機會就跟他下棋，不過他的水平……這麼多年沒什麼提高，還是在很業餘的階段徘徊，還好他不怪我這個師傅。有一回，我跟林海峰一起跟金庸先生下棋。開始我和金先生搭檔，他走一步接着我走一步，對陣林海峰，我們沒有贏。之後金先生和林海峰搭檔走棋，也沒有下贏我……」聶衛平與人說。

① 郭婷婷《三九段神侃金庸》，《北京青年報》，二〇〇四年二月七日。

經常讓聶衛平手足無措的是，每次金庸與他下完棋，都要從口袋裡拿出一個小信封，必恭必敬地雙手呈上，裡面裝的是或多或少的指導費。「不收都不行，金老態度特別認真，他認為職業棋手以此為生，不收學費便是破了規矩。」聶衛平說。

不僅如此，金庸還有一個愛好，只要是棋力比他高的棋手，有機會金庸都要拜於門下，而每次拜師，全是儀式莊重，要行拜師禮，並恭敬地奉上禮金或禮品。「有一次，金老一看常昊，喜歡得不得了，拉着就要拜為師傅，我就暗自叫苦，常昊是我的徒弟，金庸也叫我師傅，現在他要拜了常昊，豈不是亂了我們的輩分？好在江湖人士都知道金庸的師傅多，不會取笑於我。」如今，金庸的師傅可謂遍天下，據說加起來百段都不止。

一九八四年，「新體育杯」的決賽在香港金庸的家中進行。金庸知道聶衛平愛吃螃蟹，專門在家裡設了螃蟹宴。這頓飯，從下午五點一直吃到晚上十點半，聶衛平一共吃了十三隻螃蟹，金庸一直在旁邊陪着。那天，有兩個菲律賓傭人對聶衛平稍有怠慢之意，第二天，金庸的太太就把她們「炒」了。[①]

金庸和沈君山也是很好的朋友，由金庸介紹，聶衛平認識了沈君山。一九八七年夏天，聶衛

① 聶衛平《圍棋人生》，轉引自《棋藝》，二〇一七年年七月二十日。

平和沈君山在香港參加「應氏杯」青少年圍棋比賽，香港方面知道他倆喜歡打橋牌，特意安排了一場橋牌比賽。那時，大陸和台灣的關係正處於微妙時期，國民黨的所謂「戡亂」條例還沒有取消，兩岸還處於「敵對」狀態，兩岸人員的接觸都很嚴格。特別是聶衛平經常和鄧小平、胡耀邦等中共高層領導在一起打牌，台灣方面以為他有什麼政治背景；而沈君山是台灣對大陸決策機構的重要人物，而且時有傳聞他可能出任台灣當局的重要職務，所以，聶衛平和沈君山兩個搭檔打橋牌成了很敏感的一件事。

比賽那天，沈君山對記者講了一句話：「政治是隨時都有可能發生變化的，而圍棋和橋牌是不會變的。」聶衛平以為他講得很好。據說，這話傳到蔣經國那裡，蔣聽後勃然大怒，說沈君山被聶衛平「統戰」了，下了一道手令：沈君山這人永不錄用。這件事使沈君山受了很大的連累，聶衛平多次問他：「是否和我接觸，對你仕途上的影響很大？」沈君山說他不在意這些，他還講了金庸小說中的一個故事，有兩大對立的教派，其中每個教派都有一名擔任高級職務的人，雖然教派之間殺得你死我活，這兩個人卻是知音，經常悄悄地跑到一塊兒談論音樂。他的意思是他們兩人之間的接觸交往，將來歷史會證明是非常有遠見、也非常純潔的，絕不像有些人說的那樣是「撈取政治資本」。後來，他們經常一起搭檔，參加各種橋牌比賽，成了莫逆之交。

有一次比賽後，聶衛平對金庸說：「你的介紹，讓我認識了沈君山，你的小說讓我和沈君山成了知己。」金庸則說：「讓我們成為知己朋友的是圍棋，中國的圍棋。」

金庸這樣評說他的圍棋老師：「聶老師的性格能看得出來，他的上進心很強，任何有競爭性的、有勝負的比賽他都喜歡。圍棋很講究隨機應變的，聶老師的棋就是中國傳統的，與人對殺時經常殺得昏天黑地，日本人很怕他，叫他聶旋風。下棋與武俠是兩回事，武俠講風度，圍棋就不能讓，一定要殺到底的；武俠講正義，圍棋沒有什麼正義非正義，講究技藝高超就行了。」

（二）

二〇〇〇年四月下旬，作為浙江大學人文學院院長的金庸來到杭州，聶衛平因為中央電視台為他拍攝一部名為《圍棋人生》的專題片，也由鄭州趕到了杭州。

在浙大金庸的辦公室，兩個老朋友一見面就敘起了「舊情」。金庸說，他與國內和日本的許多圍棋高手，如武宮正樹、林海峰、大竹英雄等都有往來，同時，他也多次受到好友聶衛平的指點。金庸說，每次下棋，聶衛平總是讓他四五子，並且手下留情，開局時多照顧，殺到好處，便住手了。「否則，我可就顆粒無收了。」金庸謙虛地說。

說話間，有人攤開了棋盤棋子，要兩人當眾廝殺一番。於是，被譽為武俠小說「一代宗師」的金庸很老實地依次在天元和星位上放下五顆黑棋。聶衛平於是快速「掛角」，大俠則以「尖頂」應對。在棋盤前，金庸顯得有點兒拘謹，不像在學子面前那樣談笑風生，倒是聶衛平不時地稱讚「下得好」。

因為都有要務在身，這場對抗不得不暫告一個段落，聶衛平建議擇時再戰，並總結性地點評發言：「下得好，直到現在白棋的劣勢尚未化解。」

二〇〇一年八月初，金庸與聶衛平一起來到天山，在美麗如畫的天池「論劍」，是為了出席「炎黃杯」名人圍棋邀請賽的開幕式。金庸曾經在《笑傲江湖》中描寫一段天池「嘔血譜」，顯示出他在圍棋和文化方面的深厚底蘊。

開幕式上，談到圍棋文化，金庸更是滔滔不絕：「圍棋是從上古流傳下來的古老遊戲。」「圍棋不像中國象棋和國際象棋那樣以殺子為重，而帶有中國古代哲學的平和色彩。」「圍棋講究對弈雙方互相調和。」「新疆是中國多民族聚居的地方，圍棋是一種不需要語言文字的文化交流。」「古人說以棋會友。兩盤棋下來，對弈雙方就可以成為很好的朋友，好朋友之間就沒有什麼事情講不通了。」

或許，金庸的「圍棋平和論」也影響到了參賽的各位棋手，尤其是以穩健棋風著稱的聶衛平。隨後，分別以「大俠」和「棋聖」為首的「炎帝隊」和「黃帝隊」進行了一場友好聯棋比賽。六十手棋過後，聶衛平宣佈不分勝負，他還稱讚了棋手們表現出的平和。「天池論劍」就在這樣沒有刀光劍影的平和氛圍中畫上了句號。

有人問聶衛平，金庸的棋藝究竟有多高？聶衛平說，說個小故事吧，在麗江，三個高手加在一起，與金庸一起對弈一個高手。當時就像蹺蹺板一樣，我們下一步，起來啦，金庸下一步，就下去了，和過山車差不多。年過八旬的金庸下的是快樂圍棋，並不在乎勝負。

（三）

一九九三年起，聶衛平開始帶徒弟，他的第一批弟子包括常昊、周鶴洋、王磊、劉菁。當時這些棋手都只有十六七歲。一九九七年底，他又收了王煜輝、劉世振、古力、劉熙四個新徒弟，除此以外，還有不少小棋手有着聶衛平弟子的名分。在如此眾多弟子中，老聶最滿意的又是誰？聶衛平的回答多少有點出人意料。「我那些徒弟都差不多，沒什麼特別的。」老聶說，他最欣賞的，還是自己的「外家弟子」金庸。

當然，聶衛平對金庸的欣賞，完全是在棋盤之外。金庸對圍棋的涉足最早可以追溯到二十世紀三十年代。當時他就已經在香港圍棋界小有聲望了，經常用筆名發表一些頗有見解的評論文章，自己的棋藝也頗佳。不僅如此，金庸還不惜重金收藏圍棋棋盤、棋子及其他棋具。聶衛平聽說他曾花數百萬港元買了一個棋盤，便上金庸家去觀賞。金庸向聶衛平介紹：「榧木棋盤最名貴，棋敲上去，棋盤會微微下凹，這樣棋子便不會移動。收盤時，用毛巾醮熱水一擦又會恢復原狀。」說着，兩人在這個棋盤上對弈一番。

一九九三年三月十九日，金庸第三次成為中南海的座上客，在會談後，丁關根在釣魚台國賓館宴請他，特地請了聶衛平作陪。在宴會中，丁關根問聶衛平：「你有幾個圍棋弟子？」聶衛平答：「最好的弟子是馬曉春，但真正拜過師的只有查先生一位。」丁關根說：「你怎麼叫徒弟為查先生？」聶衛平回答：「我崇拜查先生的小說，他的年紀又比我大得多，我們是兩頭大。」丁關根又問：「查先生的圍棋在香港是不是最好的？」聶衛平沉吟半晌才說：「在香港知名人士中第一。」眾人大笑。但金庸自言，「這句外交辭令其實還不是很準確，即使在香港知名人士之中，我的圍棋也決非第一。」①

出於對圍棋的酷愛，一九九九年，金庸和聶衛平、台灣清華大學原校長沈君山、日本著名棋

① 費勇、鍾曉毅《金庸傳奇》，廣東人民出版社，二〇〇〇，第六六頁。

手林海峰等發起「炎黃杯」名人圍棋賽。

二○○一年八月，金庸到貴陽參加「國際圍棋文化節」。一下飛機，他就和圍棋節組委會主任、貴陽市委副書記辛維光「殺」了起來，聶衛平在旁觀戰。金庸常使出後發制人的招數。聶衛平感嘆：「降龍十八掌，最後一掌最厲害。」說起自己的圍棋水平，金庸說：「我很喜歡圍棋，但是水平很低，連小孩子都下不贏，有人曾為我題字『良光』，我的理解就是下棋全輸光。」

金庸最大的貢獻，聶衛平認為是「對圍棋支持很大。武俠小說裡相當於在作普及，還贊助了許多比賽，我都去過幾次」。中國圍棋隊每次赴港參賽，金庸幾乎每次到場迎接。中國圍棋協會為了感謝金庸對圍棋事業的這份熱誠，特授予他榮譽六段稱號。

二○一七年一月四日下午，年逾花甲的「棋聖」聶衛平迎戰橫掃網絡的「網紅旗手」Master，結果以七目半落敗。在對弈結束後，Master 還打出了一句話：謝謝聶老師。至此，Master 已取得驚人的五十四連勝。

據說，金庸在家觀看了這場人機大賽的直播，只說了四個字，「沒有意思」。

曾與金庸研究「珍瓏棋局」
——棋界元老陳祖德

眾所周知，金庸癡迷圍棋，他筆下的高手和大俠，圍棋是「必修課」，棋子和棋盤能是武器，也是書中文化氣息之所在，比如他在《天龍八部》中寫的「珍瓏棋局」，很是著名。陳祖德與金庸曾在一起研究「珍瓏棋局」。陳祖德稱讚金庸「是我見過的最好學的棋迷」。

陳祖德是中國作家群裡的圍棋泰斗，一九六五年打破日本九段棋手對中國棋手不敗的神話。他是中國棋界的大才子，一部自傳《超越自我》獲得了二十世紀九十年代分量極重的人民文學獎。金庸戲稱「作家堆裡混了個棋手」。

陳祖德是金庸最敬重的圍棋老師。當他身患絕症時，金庸邀請他赴港，在其家裡休養，一住半年，他看完了金庸的武俠小說，兩人對弈無數，結下了深厚的友誼。

（一）

一九八〇年九月中旬，「新體育杯」圍棋賽在成都舉行。第一天比賽結束，陳祖德晚上開始大口吐血，隨後他被送到醫院急診室，後來又被送到北京協和醫院，三十八歲的陳祖德被確診為胃癌。於是，陳祖德被推進手術室。十天後，他擊敗了死神，不過這僅僅是第一次生死考驗。三個月後，他出院到上海養病，過幾天又趴下了。陳祖德突然患上了急性肝炎，做手術時輸血輸壞了，把別人帶有肝炎病毒的血輸進去了。如果是正常患上肝炎不要緊，這種肝炎很危險，死亡率特別高，比癌症還可怕。無奈，陳祖德再次住院接受搶救。他命大，經過搶救活過來了。

一九八一年春夏之交，陳祖德才重新出院。他突然接到一封陌生來信，寫信的居然是他從未謀過面的金庸。金庸在親筆信中稱：「香港的冬天比較暖和，適於養病，你就到我這裡來吧。」①陳祖德對金庸仰慕已久，同是江浙一帶的人，在脾氣上也非常相投，便欣然前往，並一住就是半年。

與金庸閑聊，陳祖德講了自己年少時的兩個故事。第一個故事，他和父親下棋。幼時的陳祖德與父親對弈時，他發現每次父親都坐在沙發上，而他坐在小板凳上。對此，不服氣的他向父親抗議：「憑什麼老讓我坐小板凳呀，不公平！」父親笑着對他說：「只要你贏了，我們倆的座位便可對換。」不到兩個月，陳祖德便有了坐沙發的資格。不過，懂事的他還是執意讓父親坐沙發，自己高高興興地坐到板凳上。

① 陳宏《憶陳祖德：曾在金庸家養病半年》，上海青年報，二〇一二年十一月五日。

第二個故事，他和陳毅老總下棋。由於圍棋方面超人的天賦，令陳祖德成為上海弄堂裡家戶喻曉的「小神童」，而且後來還有幸成為老一輩國棋名手顧如水、劉棣懷的得意愛徒。陳祖德十歲時，顧如水曾帶他拜訪當時的上海市長陳毅。一路上，顧如水一直叮囑弟子：「跟陳老總下棋要講禮貌，不能殺得太凶。」然而陳祖德坐在棋盤旁便渾然忘我，落子殺氣騰騰，步步緊逼，陳毅指揮若定，從容應對，但棋盤上局勢依舊緊張。無奈之下，顧如水等老前輩開始給陳毅支招，最後陳祖德惜敗，陳毅笑稱：「我這個司令如果沒有參謀，就要在這個小孩面前摔跤子了。」隨後的晚宴上，陳毅叮囑陳祖德等棋手：「圍棋是我國的國粹，現在落後於日本了。應當趕上去，超過他們，不這樣就對不起我們的老祖宗。趕日本就要靠陳祖德這樣的下一代，你們老棋手要好好培養下一代。」

當時在中日兩國間，流傳着「日本九段不敗」的神話。中日棋界對弈，往往以中國慘敗收場。就在陳祖德進入國家隊當年，一名叫伊藤的日本老太太，跨海東來，橫掃中國棋手，擊敗當時的全國冠軍。比賽時，中國選手緊張得手指發抖，伊藤卻輕搖紙扇，不時離開棋盤，在場中散步。這一幕讓中國圍棋界倍感屈辱。

一九六〇年，日本圍棋團來訪。十六歲的陳祖德首次對戰日本棋手，雖然最終落敗，但其凶狠棋風讓日本圍棋界記住了這名少年。那一次，日本棋手在中國進行七站比賽，共對局三十五盤，中國全線潰敗。

另外一個故事，是金庸很早就聽說了的。一九六三年九月，日本派出陣容強大的代表團訪華。團長杉內雅男九段有「棋仙」之稱。當時，在北海公園悦心殿內，十九歲的陳祖德與杉內雅男對弈決戰。這場比賽被陳祖德稱為「一生中最艱苦的一局比賽」。比賽開始後，一向勢如破竹的杉內驚訝發現，他難以在中盤建立優勢，而中盤戰鬥則是陳祖德的強項。杉內屢屢避開陳祖德的進攻，雙方精力耗盡、時間耗盡，雙雙進入殘酷的讀秒。杉內也意識到讀秒是自己最後的救命稻草，使出渾身解數，陳祖德則保持了驚人的冷靜，最終，杉內經受不住緊張的氣氛，走出俗手。比賽進行了十個小時，此時雙方均已疲憊不堪。杉內沉着臉，凝視着棋盤許久才說道：「我認輸。」①日本九段不敗的神話，自此破滅。

時過兩年，陳祖德執黑再度以兩子半擊敗岩田達明，成為首位戰勝日本九段的國內棋手。這兩場勝利奠定了陳祖德國內圍棋第一人的地位。值得一提的是，他曾先後九次出訪日本，與日本棋手對壘，成績一直是勝多負少。

①劉旭輝《生命鬥士戰鬥不止　棋壇傳奇不朽》，《新民周刊》，二〇一二年十一月十五日。

來到金庸家，他的作息與金庸不同。金庸夜晚工作，每天上午才睡覺；而陳祖德一早起床，晚上早早臥床休息。金庸勸他「早上晚一點起床，多睡一會」，他說一輩子都不曾睡過懶覺。在家時，每天早起後，他都會先做好全家人的早餐，然後再叫醒妻子和兩個兒子起床。兩個兒子都繼承了父親善良寬厚熱情待人的性格特點。陳祖德說：「這兩個孩子從小到大都沒有說過學校老師和同學的不好。」

起得早，為了不妨礙金庸休息，他就呆在屋子裡讀書。以前，陳祖德沒看過金庸寫的武俠書，這會兒住在人家家裡，卻不了解人家的作品總感覺不太好，於是，在金庸家中的「藏經閣」，陳祖德如飢似渴地博覽群書，並看完了金庸所有十四部武俠小說，他認為最棒的是《天龍八部》，而金庸自己認為是《鹿鼎記》。原本，陳祖德並不喜歡中國作家的作品，但金庸改變了他的想法。「對於武俠小說，我以前是一點都不看的。」「金庸的書很有趣，跟古龍、梁羽生不一樣。梁羽生也喜歡圍棋、象棋，但我後來看梁羽生、古龍的武俠小說，都看不下去，他們的武俠小說抓不住我。」陳祖德對朋友說。

一九八一年冬天至一九八二年春天，陳祖德在金庸家住了整整半年，一九八二年冬天，又住了四個多月。在近一年的長住中，兩位不同領域的奇俠對弈無數，每次下棋，金庸總是必恭必敬，虔誠得讓求道一生的陳祖德都很感動。

「金庸是我見過的最好學的棋迷之一，他總是認真複盤，不懂就問，能感覺出來，他非常想提高自己的棋力。金庸並非是沒有勝負心，在高手面前，他知道棋贏不了，總是以非常好的心態來下棋，孜孜不倦地從每一盤棋裡吸收營養。」當時中國的頂尖高手陳祖德與金庸對弈，授四子，金庸稍弱。陳祖德評價金庸的棋力相當於業餘五段水平，也有其他棋手評價金庸棋力大概在業四和業五之間。談到這個問題，陳祖德笑道：「金老德高望重，以他對圍棋做出的貢獻，我看再加上個一兩段也沒關係啊。」

金庸是出了名的棋迷，在其武俠小說中，有多次精彩的圍棋描寫。其中最有名的是《天龍八部》中的珍瓏棋局，逍遙派掌門人無涯子整整花費三年時間，擺出一個「珍瓏棋局」，令其弟子蘇星河守擂。三十年過去，黑白兩道高手無人能解，最後，竟被虛竹閉着眼以「自添滿（自殺一塊解放全局）」的手段胡亂撞開。以「自殺」手法破解棋局，這在圍棋對局中經常得見。

金庸在他書中將圍棋寫得那麼美好，在陳祖德心中，自然是一家人。他擺過「珍瓏棋局」，可是後來發現現實生活中不太成立。他問金庸：「這是不是哪本古譜裡來的？」金庸告訴他：「那是我想像出來的，沒見過真的棋局。」陳祖德大贊其想像力豐富。

（二）

在金庸家圍棋是一種藝術，也是一種力量。在陳祖德眼裡，棋和書有着共通之處。從小到大，陳祖德就是一個嗜書者。陳祖德家的客廳，一牆是名著，一牆是棋書。從雨果全集，到各個版本的拿破侖傳記，從郎咸平到易中天，包羅古今中外。陳祖德最崇拜法國作家雨果，他喜歡陽剛的作品，「那種力量的東西，看了之後讓人熱血沸騰」。

養病的半年，也是陳祖德認真思索今後人生走向的半年。每天清晨和傍晚，陳祖德都會從金庸位於太平山山巔的大宅子裡出來，沿着山頂小路一邊散步一邊和朋友聊天，而他給人的印象，更像是一位知識份子而不僅僅是一位專業的棋手。雖然很多人感嘆，如果沒有「文革」耽誤，那陳祖德應該是新中國第一位徹底超越日本的棋手，因為他最好的時光都在「和舉重隊一起到山西打土坯」中浪費了，但陳祖德幾乎從不抱怨，他和朋友聊的，都是圍棋和棋手的發展。這一點讓金庸也頗為動容。

患病後，陳祖德被迫離開棋壇一線賽場。陳祖德原本想寫些棋譜，跟金庸說了，金庸不以為然，建議他把中國圍棋發展的艱難歲月寫下來。陳祖德一想，「行，萬一哪天我沒了，也算對得起自己這一生。」於是，他一邊養病，一邊撰寫回憶錄。他給自己立了個規矩，每天寫五百字，一寫就是近三年。在病中，他飽含深情地回憶了自己和周恩來、陳毅、鄧小平、方毅等老一代革命家的交往，以及他們對中國圍棋事業的呵護。

書寫完了，陳祖德用自己心靈滌蕩後的感受「超越自我」命名了這本自傳。最初《超越自我》這個書名並沒有得到出版社編輯的認可，但因為他的堅持最終沿用了下來。

「與圍棋愛好者交流總是令人愉快。」陳祖德在《超越自我》一書中的「我多麼希望」一節中如此寫道。在無數次與棋迷交流、講解棋局的過程中，陳祖德首先強調的是「學下棋首先要學做人」，只有寵辱不驚，能進能退，方能應變自如。陳祖德說，「圍棋十訣」的第一條就是「不得貪勝」，就是說下圍棋首先要有一個平常心，淡看勝負，其實這和做人是一個道理，就是任何事情不能貪得無厭。陳祖德對圍棋的領悟貫穿人生歷程，他曾說：「現在圍棋界太功利，只看到眼前的利益。有的棋手甚至一盤棋都不看，只管自己的成績。我主張棋手多學習，不要太功利，不要二十四小時時間都在棋上。不一定讀書就要讀到大學，但是要學一些有益的東西。」陳祖德首創了「中國流」佈局，時至今日仍流行於世界棋壇。

一九九四年，《超越自我》獲得了「人民文學獎」，這可是很多大作家都沒能得過的獎。金庸得知喜訊，寫來賀信稱：「作家堆裡混了個棋手，好啊！」

「這本書是一九八四年在《當代》雜誌上連載的，後來發現影響很大，人民文學出版社一九八六年就出書了。一九九四年，過去十年間的作品參評人民文學獎，《超越自我》竟然獲獎了。」陳祖德自己也沒有料到會獲獎，但他更興奮自己對棋局和人生的感悟能夠被更多人所知曉，「人民文學獎的規格很高，那一年獲獎的都是大作家，像王蒙、宗璞、陳忠實，只有我一個不是。」

二〇〇三年退休後，陳祖德仍然念念不忘發掘中國古代圍棋文化遺產，在強拖病體奔走四方呼籲國人普及圍棋之餘，他仍擠出大量時間用於整理古代棋譜，並對部分前人對局加以見解精闢的註解，先後有《新版當湖十局細解》、《無極譜》、《中國圍棋古譜大系》等力作問世。直到生命最微弱的時刻，他為人們留下了寶貴的遺產，集中國圍棋經典大全的《中國圍棋古譜精解大系》。《中國圍棋古譜精解大系》全套十四冊，每冊介紹十個局棋，全書一千一百二十萬字，圖譜一萬一千多張，是一部凝結了陳祖德畢生心血的鴻篇巨製。在他看來，圍棋文化精品需要傳承。「要知道中華民族有多智慧，圍棋古譜告訴你。」他希望，當棋迷捧在手中閱讀，與棋相伴時，能受到圍棋文化的熏陶。

此後，陳祖德一直在圍棋界推崇讀書的好處，「多學文化，多讀書，對棋手的成長、做人、思想升華都有幫助」。

（三）

陳祖德抗癌三十餘年，曾數度被下病危通知。二〇一一年，陳祖德再度被診斷患癌症後，他必須一周去兩次醫院接受檢查和化療，妻子每次心疼他要打車帶他去，但他總堅持坐地鐵。他說：「早晨地鐵裡不擠，坐地鐵挺好。」

他感覺到自己時日不多了，非常惦念正在創作的新書《中國圍棋古譜精解大系》。他仍堅持撰寫，已經出版了八本，一定要在十月底前出完十四本。二〇一一年十月二十七日，陳祖德獲陳毅杯中國圍棋年度大獎終身成就獎。

在生命的最後時光，圍棋大家劉小光一直陪在陳祖德身邊。金庸幾次向劉小光打聽陳祖德的病情，帶口信給他：「如果需要，還到我家裡來養病。」劉小光曾告訴金庸：「陳老的棋以凶狠著稱，每一步棋總是要下得很『撐』，都要拼到底，這次他能以那麼羸弱的身體，扛了近兩年，靠的就是這種精神，陳老的最後一手棋便是十四本《中國圍棋古譜精解大系》的編寫，寫書和照顧家人是他堅強活着的最大動力。」

然而，這盤棋終於走到了尾聲。二〇一二年三月陳祖德被確診舊病復發，十一月一日仙逝，享年六十八歲。趕來悼念的出版界人士稱，陳祖德逝世前的最後幾天，還在打着點滴整理棋譜。

在圍棋的傳說中，有一座爛柯山，有童子觀仙人下棋，悠悠不知歲月。在陳祖德辭世後，微博之上，有網友追憶：「天堂裡一定有一座爛柯山，大師此去，可忘憂手談。」

金庸在香港得知消息後，十分悲痛，他讓夫人幫他送個花籃給陳祖德，表示哀悼。很快，查夫人又發來短信說：「查生已經想好了兩句話，一定幫他寫在挽聯上：祖德我棋師靈佑永存　授業弟子查良鏞敬挽。」①

金庸特別喜歡、尊重會下圍棋的人，他不光管陳祖德叫「兄」，自稱為「小弟」，在他心目中，陳祖德就是他的圍棋授業恩師。

查夫人還說：「查生希望花籃有『面兒』。把花籃送到後，想要張花籃的照片。」金庸說的有「面兒」就是花籃的個兒一定要夠大，看起來特別漂亮，才能表達他對祖德棋師的情誼。終於，陳祖德的靈堂前擺了一個特有「面兒」的、足有近兩米高的巨型花籃。

金庸對夫人說：「將來能在天堂裡遇見他，我們還會一塊下圍棋，還會談論文學，談論人生和棋局。」

① 郭婷婷《金庸巨型花籃別「恩師」》，北京青年報，二〇一二年十一月八日。

和鄰居金庸紋枰論道
——「天煞星」劉小光

在中國圍棋界，曾幾何時，劉小光九段是與聶衛平、馬曉春並駕齊驅的頂尖棋士。與聶衛平的厚重穩健、馬曉春的輕靈飄逸棋風比，劉小光的棋自成一派，以攻殺凌厲、算路精細著稱，常「於無聲處聽驚雷」逆轉翻盤，人送綽號「天煞星」。

劉小光與金庸相識三十年，對局無數，是友人之間的以棋交心。他說：「現在金庸先生經常跟我下棋，他是我最好的棋伴。」

劉小光說：「我與金庸認識有三十年了，最早『新體育杯』圍棋賽中，金庸前往桂林觀戰，結識了不少國家隊棋手。金庸還拜聶衛平為師，請陳祖德和羅建文上他家做客，陳祖德是我的師傅，曾在金庸家養病半年。」[1]這樣，劉小光也常去金庸家了。由新體育雜誌社主辦的「新體育杯」圍棋邀請賽是中國圍棋史上第一次由社會贊助方式舉辦的圍棋比賽。金庸曾積極支持、贊助這項新聞棋戰，兩次請決賽赴香港舉行。

① 郭婷婷《三位九段神侃金庸》，《北京青年報》，二〇一〇年二月十日。

一九八四年十一月初，正在北京等地參觀訪問的金庸來到了廣西桂林，出現在第六屆「新體育杯」圍棋邀請賽上。在弈春棋院，聶衛平將劉小光介紹給金庸：「這位大個子就是劉小光，他的棋風剛勁勇猛，很會攻擊和殺棋。」在一九八〇年的第一屆全國棋類聯賽上，第一輪劉小光贏了久負盛名的陳祖德，第二輪遇上了已蟬聯四屆冠軍的聶衛平。聶衛平的黑棋自開局後一直逼壓着劉小光，但他在中盤時一步隨手，卻被劉小光抓住了機會展開攻擊，從而扭轉了頹勢，結果以中盤取勝，劉小光獲得全國個人圍棋賽冠軍。劉小光身高一米八二，因而，聶衛平給他起了外號「重錘」，意為他像一個手掄重錘的力士。

聶衛平告訴劉小光，金庸是出了名的棋迷，在他的武俠小説中有多次精彩的圍棋描寫，其中最有名的是《天龍八部》中的珍瓏棋局，逍遙派掌門人無涯子整整花費三年時間，擺出一個「珍瓏棋局」，令其弟子蘇星河守擂。三十年過去，黑白兩道高手無人能解，最後，竟被虛竹閉着眼以「自添滿（自殺一塊解放全局）」的手段胡亂撞開。

劉小光説，國家圍棋隊有不少金庸迷，他也是，最早看的就是《天龍八部》，和幾個伙伴還擺過珍瓏棋局，可是怎麼也擺不成。虛竹所走的地方屬於禁着點，按照現行中日韓圍棋規則，是不允許在禁着點（棋盤上的任何一點，某方下子後，該子立即呈無氣狀態，同時又不能提取對方的棋子）填子的，如果非要走，中國規則規定要立刻拿起來，停一招棋，罰子，並警告一次，因此這樣的棋局是不合理的。古代圍棋雖然沒有白紙黑字的圍棋規則，但也約定俗成不能在這種地方行棋。

劉小光問金庸：「珍瓏棋局中劫中有劫，既有共活，又有長生，或反撲或收氣，花五聚六，複雜無比，這樣的珍瓏是否真的存在呢？」

金庸笑着說：「這局珍瓏，應該說是一種美好的想像。小說不可信，我亂寫的。」

這幾年，金庸時常把書送到國家圍棋隊，李小光等年輕國手每天躲在被子裡，打着手電看他的書，搶到第二冊的人一般會比較慘，得倒着看。

劉小光詫異：「你在小說中寫了許多名勝之地，為什麼對桂林隻字不提？」金庸說：「桂林山水甲天下，大家太熟悉了，我怕弄巧成拙鬧了笑話。」

幾日後，圍棋邀請賽的預賽從桂林移向廣西柳州。劉小光對金庸說：「您在小說裡不提桂林，為什麼要在《鹿鼎記》裡反覆提到柳州，我記得，您寫了在柳州的賭坊裡，雙兒與韋小寶久別重逢，而且奮不顧身地救了韋小寶，兩個人平生頭一回說起了情話。」金庸說：「其實，康熙年間的柳州只是個很小的地方，地方小，韋小寶帶着兩千逃兵湧到這兒，才會發生許多亂七八遭的故事。」

《鹿鼎記》裡寫了賭坊，還寫了妓院、天地會等。

在柳州，劉小光與馬曉春相遇。棋局在難解難分之際，劉小光為了搶目數，一塊棋補活補錯了地方。但馬曉春並沒有馬上吃它，而是在另一處劉小光的陣營內大走無理棋，結果進入的五個子全被劉小光擒獲，正當劉小光揚眉吐氣之際，馬曉春再回過頭來妙手一點，把劉小光的棋殺了個「拳頭六」。劉小光見狀懊惱萬分，嘴裡直嘀咕：「這塊棋我補對地方，你輸多了。」馬曉春回擊道：「你若這裡補對地方，我那裡就不會故意損那麼多了。」劉小光一聽鄂然：「既然你早就看出我的棋不活，還繞圈子幹嗎？」馬曉春壞壞地一笑：「我想讓你先上天堂，後下地獄，這樣的教訓才深刻。」頓時劉小光噎得喘不上氣來。

一旁，金庸引用《天龍八部》中慕容復與鳩摩智對弈時的一句話：「慕容公子，你連我在邊角上的糾纏也擺脫不了，還想逐鹿中原麼？」劉小光一愣，心中突然明白，金庸以棋道來暗喻各大高手的功力所在。看來沒有刀光劍影，但棋盤上厮殺同樣鬥智爭雄，威震武林。

十二月中旬，「新體育杯」的決賽在香港金庸的家中進行，劉小光獲得決賽權。

那年，陳祖德正在金庸家養病。陳祖德是劉小光的師傅，劉小光問候師傅以後，乘着棋賽間隙，與金庸一邊品茶，一邊聊起了他與陳祖德的知遇——

「一九六〇年三月二十日，我出生在河南省開封市一個普通知識份子家庭。家裡從沒有人接觸過圍棋，我的父母恐怕怎麼也不會想到自己的孩子會成為一名專業棋手。父親是山東人，解放前在重慶讀書，後來到解放區參加了革命，長期從事教育工作。但在我來到人世間之前，他已被劃為右派。讀小學五年級的時候，班主任老師是一位圍棋愛好者，課餘常常教我們下圍棋，紛繁多變的黑白子立刻迷住了我們，放學後，幾個同學常聚在教室裡混戰一陣。

十三歲那年，我才開始學棋。半個月後，開封市舉行了一屆少年圍棋比賽。老師為我們幾個跟他學棋的同學都報了名。一九七四年十月，我被調入了河南省圍棋隊，開始了我的專業圍棋生涯。這時，我十四歲。在這期間，原國家圍棋隊的國手們應邀到開封來講棋。那是初冬的一個晚上，我們聚在開封十四中的一個教室裡，聽陳祖德老師講解他與日本東京人的一盤對局。這是我第一次接觸專業棋手們的對局和聆聽高手的剖講。在這之前，我還沒有經過任何一位專業棋手的指點。可以說完全是從家庭、街頭式的業餘棋攤上殺出來的，缺乏圍棋最基本的常識，還在圍棋藝術這座迷宮的大門外轉圈。陳祖德老師向我展示了圍棋的另一種境界，激發了我的追求。一九七六年我到北京後，真正開始跟陳祖德老師學棋。

「一九八〇年初秋，第一屆全國棋類聯賽在樂山舉行。比賽分圍棋、中國象棋、國際象棋三個賽場。預賽中我的成績一直不錯，連過數關闖入了共有十二名棋手的男子甲組，獲得了爭奪全國前幾名的資格。對這次比賽我憋了一股勁，準備放手一搏，但也沒有抱太多的奢望，因為在這以前我還未進入過全國前六名的行列。我的第一輪對手就是久負盛名的陳祖德老師。徒弟與師傅對戰，這無疑是一場重大的考驗。要實現我的夢境，陳老師當然是一座必過的嚴關，因而也就自然成為我的重點進攻對象。我曾想多次與他交鋒，卻沒想到在這屆比賽中會碰面的這樣早。雖說陳老師和我都喜攻善殺，但他不但在佈局、序盤中明顯強於我，而且在中盤力量上，也比我更富經驗，遠為靈活。我曾與陳老師下過不少棋，卻很少有獲勝戰績。對手實在是太強了！這盤棋我執黑先行，盡量縮小與他在序盤中的差距，並伺機切斷了白棋的聯絡，主動挑起了中盤戰鬥。由於我咬得很緊，使一大塊白棋難以脫身，從而把棋納入了自己比較擅長的強擊軌道。經過一天的激戰，當陳老師終於停鐘認輸時，我心中一陣狂喜，隨即一股酸澀。聽着陳老師祝賀的話語，看着他疲憊的面容，我喃喃無語。這時我尚不知陳老師已身患癌症，還是抱病上陣，也不知道這次比賽將是他在棋壇上的最後一次拼搏。一個月之後，他就在成都吐了血，被送進了醫院。如果知道了，我的歉疚感會更為強烈……」①

① 劉小光《風雨棋魂》，圍棋吧，二〇一四年四月十三日。

後來，陳祖德在生命的最後一刻，把自己未完成的《中國圍棋古譜精解大系》交給了劉小光，希望徒弟能按照他的思路寫完並留給後人。金庸得知此事，當面問劉小光有何打算，劉小光回答：「陳老生前一直堅持做着少有人問津的古譜整理工作，他甚至為寫棋譜而放棄安樂死的想法，他是在與時間賽跑，孜孜不倦地做着圍棋古譜整理研究工作。我一定繼承陳老的遺志，續評古譜。」

此後，劉小光佳績連連。在一九八七年第三屆中日圍棋擂台賽上，取得了四連勝的佳績，又在一九八八年中日對抗賽上取得了五勝二負，並且在一九八八年年初將當時中國圍棋的兩大頭銜「名人」和「天元」集於一身，成績十分出色。有鑑於此，中國圍棋協會於一九八八年特批劉小光由八段晉升為九段。

（二）

如今，在劉小光香港家中的牆上掛有一副金庸親筆題寫的喜聯：「幸有成算，佳着連發，開局長考布鐵壁；小飛突進，光照全盤，收官妙手越金城。小光師兄苦追夫人多年終成佳偶，歷劫長生誠可喜可賀也。金庸敬賀，辛巳年秋日。」

二〇〇一年九月，劉小光與曾是職業四段棋手的幸佳在美國完婚，兩人原本計劃上世貿大廈觀光，但因中途有別的事情耽誤了，沒想到躲過了「九一一」大劫難。幸佳個頭高挑、容貌秀美，以前是湖北隊的職業二段棋手，現居香港，從事金融工作。第二年，劉小光的兒子出生，劉小光請金庸取名，金庸取名為「劉觀謙」，觀謙二字源自《易經》，為「謙虛做人，懂得進退」之意。

劉小光說：「我與金先生交往很好，我們經常一起吃飯，一吃就是三個小時。」劉小光與幸佳成婚後，差不多每月赴香港探望妻子。劉小光在香港的家距金庸家僅隔一條街，遂常常登門拜訪金庸。

在金庸家，劉小光說他們夫妻和金庸之間對局無數，有時讓四子或五子，有時乾脆分先下，有時下聯棋，金庸和幸佳合起來對劉小光。年過八旬的金庸下的是快樂圍棋，並不在乎勝負。

二〇〇七年七月末的一天，劉小光一家三口再次做客。金庸親自來為他們開門。一見面，劉小光夫婦最明顯的感受是，金庸的精神狀態特別的好。劉觀謙搶先說了一通父母事先教好的感謝之詞，劉小光夫婦順勢為兒子的名字向老先生表示感謝，金庸笑道：「這樣一輩子謙虛點比較好。」五歲多的活潑可愛的劉觀謙已經開始在香港兒童棋院學圍棋，但在棋盤前面，劉小光拿他一點辦法都沒有。每當他發表意見，兒子就小手一揮：「你說的不對！老師說應該這樣下！」然後把他擺的變化都劃拉成廢墟。

金庸將劉小光一家三口引到樓上書房。金庸的書房在靠近大海的一面。金庸是一輩子離不開書，所以這裡就是他的生活中心，書房約有一兩百平方，四面全是書櫃或是可以放書的家具。在靠近落地窗戶的旁邊，早已經擺設下了棋桌和棋具。

一如行棋定式一般，金庸和劉小光擺開了棋局。一看見幸佳，金庸就說：「咱倆一邊，一人一步，合伙把小光打倒。」於是，就發生三人下一盤棋的事情。

遇到幸佳長考，劉小光左磨右蹭，等得不耐煩了，忍不住要催她快點。而金庸總是正襟危坐，不急不躁，儒雅風範，搞得劉小光不好意思了。

就算是兩人聯手，得勝的一般都是劉小光，即便如此，金庸還是樂此不疲。一局過後，幸佳不禁誇獎金庸：「您的棋，棋感非常好！棋型、定式都在位，看來這跟您看的棋書多有關係！」金庸聞聽此言很高興，他的夫人輕輕走到他的身邊，用手背貼了貼他的臉頰，像是讚許和鼓勵。劉小光羨慕地說，那個不經意的動作在夕陽下顯得特別的溫馨。

棋後，金庸和夫人一定要留劉小光夫婦吃完飯再走，這也是到他家下棋的規矩之一。大家坐上了金庸的大奔，到了香港中環香格里拉飯店。

餐桌前，劉小光和金庸先聊了很多棋界的事情，金庸對棋界的事情相當的關心，彷彿大小事也似乎都很「門清」。說到棋院有個非常有名的女棋手叫芮乃偉，她的外號就叫「梅超風」，因為眼睛高度近視，棋殺的也很厲害，所以棋院的人就把她和金庸筆下的梅超風聯繫在一起。沒想到金庸和他太太都知道這個人，特別是金庸太太，一直在追問這個「梅超風」和誰結了婚……

閑聊着，等着飯菜上桌。金庸說：「圍棋大家都是我的老師和朋友，我拜聶衛平為師，還想拜馬曉春為師……」

說到馬曉春，劉小光說：「他不能算我的朋友，但是我們卻最親密，我跟他在一起的時間比跟家人還多，我們都非常熟悉對方，我們之間開玩笑是充滿智慧的，而且是什麼玩笑都能開的，他是我最親密的敵人。」幸佳跟馬曉春也很熟。劉小光結婚時，馬曉春給幸佳發去一個短信：「四種男人不可嫁：拖家帶口型，多情種子型，生性吝嗇型，頭髮稀少型。」把劉小光氣得夠嗆，恨恨地說：「儘管如此，最後和她結婚的還是我。」後來，馬曉春說：「這個短信我和你老婆進行了探討，雖說四條不見得都對，但有三條半肯定是對了。」

劉小光說：「《笑傲江湖》中的黑白子也是下棋的，不過這是一個反面教材。黑白子沉迷於棋，而且以棋盤為武器。我想黑白子之所以安於在梅莊韜光養晦，主要還是因為帶着個大棋盤行走江湖不太方便。」

相談甚歡，幸佳問起金庸在劍橋讀書一事來。金庸回答，劍橋放假，他也回了香港，十月還要去上學。劉小光好不吃驚：「您這麼高的學問還要讀書？您前不久不是去北大演講嗎？」金庸笑道：「我想到北大去讀，這次回來就是也想找人商量一下，看劍橋的學位能否到北大或在西安院校完成。」金庸之所以想在北京或西安繼續學業，是因為在他看來，北大的書多，人才多，好研讀；西安的古跡多，研究起來方便。

幸佳問道：「您一個人在倫敦，這麼大年紀誰照顧您呢？」

金庸回答：「我太太也一起去。」

「那傭人去嗎？住哪裡啊？」

「都去，我們買了一套小房子，就像這麼大。」金庸用手指了指他們所在的房間。

金庸年過八旬，攻讀博士如何經受得起時間的消磨？金庸告訴劉小光夫婦：「讀博士要三年，如果人家對我客氣點的話，兩年也許最好。」劉小光感慨道：「老先生什麼都不缺，但他最大的快樂就是讀書和下棋，精神上永遠充實快樂。」

金庸和幸佳還聊起了股票金融，他說起了前一天香港股市暴跌六百點，聊及一些股票，如數家珍，令浸淫這一行多年的幸佳也吃驚不小。「老先生理財也是個行家。」劉小光說道。①

① 謝銳《幸佳誇獎金庸棋感非常好》，《體壇周報》，二〇〇七年八月八日。

如今劉小光常住北京，找他下棋最多的，是一些領導。他打趣說：「年輕的時候和別人下棋，得理不饒人，該怎麼下就怎麼下。現在，一切看淡了，所以有時會考慮對方的心情。這一點，我大概是跟金庸學的。」

他是遼寧圍棋隊的教練，有圍甲比賽的日子他會隨隊出征。「只是去看看，大家都是職業棋手，不需要太操心。」他在北京，住在棋院邊上。

（三）

二〇一〇年十二月初，圍棋甲級聯賽第十八輪廣西華藍隊坐鎮「衢州爛柯」專場迎戰遼寧覺華島隊。劉小光來到衢州。當知道金庸曾在衢州一中讀過書，劉小光高興地說：「我與金庸先生有些交往，他是出了名的棋迷，不喜應酬，不善辭令，下圍棋是他最大的興趣。他讀中學時正值抗日戰爭，烽火連天，課餘常和同學下棋。他轉學到衢州中學，就帶了圍棋。據說到重慶考大學時，一天考化學，他和兩個同學在茶館歇息，偶與茶客擺下圍棋，由他下場，兩位同學觀戰，一回過神，開考已半小時，匆忙趕到考場，幸虧監考老師網開一面，破例准許進場。說他是個棋迷並不過分。在武俠小說中，有多次精彩的圍棋描寫。」①

① 巫少飛《「天煞星」歸來》，《衢州晚報》，二〇一〇年十二月十一日。

棋賽結束後，劉小光應邀留下來給衢州的棋童們說棋。他說：「金庸在衢州讀書的時候開始愛上圍棋，《天龍八部》一書中，許多高手武功高棋也高，這些古代業餘棋手的棋力究竟有多少呢？」緊接着，他滔滔不絕地點評起了書中的棋手——

段譽是業餘棋手中的頂尖高手，相當於業餘六段水平。在黃眉和青袍比武一場，段譽在佈局階段就教了黃眉七步，這七步讓黃眉從一先領先到兩先，足以可見段譽之高。逍遙子的珍瓏段譽沒能解開，並不能斷定他的棋力不行，即便是今天的職業棋手也會出現棋局盲點的情況。段譽天資聰明，但僅憑自學成才，還是很難達到職業棋手水平。

段延慶是青袍，讓先黃眉，若不是段譽指點，並不顯落後。段譽教完黃眉，青袍馬上就指出來：「這是別人教你的，你下不出來這樣的棋。」在落後將近兩先時，青袍一看走不好就不走了，轉攻黃眉另一塊棋，黃眉立刻應接為難。說明青袍的棋力還是相當高的，感覺上比段譽略低，相當於業餘五段。

黃眉下棋多年，但因為智商不高，棋還是下得很一般，被青袍讓先仍很窘迫，最多業餘三段。黃眉是拈花寺功夫最高的和尚，本來是幫保定帝（段譽伯父）打架的，沒想到要比下棋，棋下得不好也情有可原。

逍遙子可以算做當時全國業餘冠軍，他潛心研棋一生，雲游四方，與天下許多高手過招，還能擺出那麼高深的棋局，也是全書中唯一可能考上職業初段的選手。逍遙子的徒弟蘇星河也是「地攤派」，能拆出所有供擂者的招數，但換個局面，可能就不會下了。

慕容復、鳩摩智棋力都低於段延慶，大體可為業餘四段水平。撞開珍瓏的虛竹閉着眼睛也敢下棋，比棋盲強一點。可惜全書中女棋手寥寥，神仙姐姐王語嫣估計只是能看的水平。

劉小光說，金庸以圍棋寫人生，源於他對圍棋藝術有深入的研究。有一回，他在金庸家下棋，夫人幸佳看見書桌上擺着一本日本《圍棋辭典》，隨手翻了翻，驚異地發現金庸在這本書中做了詳細的批註，從第一頁直至最後一頁。劉小光說：「老先生看得非常認真，辭典中一些不當或者他自感疑問之處，他用紅筆批註，非常顯眼，感覺比出版社編輯還認真，實在難以想像。」

這些年，劉小光退居二線，做了一名快樂的莊稼漢，「我享受這充實的慢生活」。他告訴金庸：「我在北京郊區有塊小菜園，只要有空，我就去種菜，我現在是農夫，國家圍棋隊的人經常上我那裡『偷菜』，老聶最愛吃我種的菜。」

正在讀北體大體育教育本科的劉小光經常被大家開玩笑，「頭髮都掉光了還往學生堆裡湊」。年過半百的劉小光說：「以前一直下棋，後來上班，沒精力好好上學，現在有機會沉下心來讀點書，特別舒服。你看高校裡體育特長生中，我們棋類的學習總是最好的，所以別怕被人笑，喜歡讀書就要給自己創造機會。今年我才五十歲，你瞧金庸先生八十多歲了，還要去英國讀書，他可是個大學問家，還孜孜不倦地去國外讀書，他是我的學習榜樣。」

倆老頭見面，還喚他「小查」
——「快樂畫家」黃永玉

著名畫家黃永玉與金庸曾經是同事，那時兩人初闖香港、舉目無親，卻結下了深厚的友誼，可謂「患難知己」。金庸對黃永玉讚不絕口，誇他是個「最接地氣的畫家」，是個全才。

一九八一年七月，兩位老朋友在北京相見，萬分高興，追憶起三十年前的往事，不禁感嘆歲月匆匆。

（一）

一九四八年，參加了左翼運動的黃永玉，為了逃避迫害，不得不離開上海遠赴香港。一個未來與黃永玉交集很深的人，同年抵達香港，那就是金庸。《大公報》在香港復刊後，金庸被派往香港，以一個異鄉人的身份，遠赴香江，開拓未知的人生旅程。

二十四歲的黃永玉一來到陌生而充滿競爭的香港，一邊忙於生計，一邊參加「人間畫會」，從事木刻創作兼自由撰稿人。不久，他進入《大公報》，非常湊巧地和金庸同一間辦公室，黃永玉任美術編輯，金庸任國際電訊翻譯。

在黃永玉眼中，金庸真是了不起：「我倆的年齡是一樣的。我們以前不叫他金庸，我們當時在《新晚報》大家都叫他小查，他叫查良鏞，我到現在也叫他小查，他說現在香港叫我小查的沒有幾個了。」①

「金庸是大俠，黃永玉是怪俠。」《大公報》的另一位同事梁羽生這樣評價他倆。

確實，黃永玉的經歷有點兒怪。他是土家族人，跟金庸同齡，一九二四年七月九日出生在洞庭湖西岸的「世外桃源」常德，半歲後隨父母回到鳳凰縣城沱江鎮。因家境貧寒，黃永玉十二歲時就背着小包裹獨自離開家鄉，到外地就讀。十六歲的黃永玉就能靠木刻養活自己。在蘇州寫生時，他被司徒廟中有「清奇古怪」之稱的四棵漢代古柏吸引，連續三天早去晚歸為其寫生。日後，面對被他用準確而流暢的白描線條展示在丈二大紙上的這四株閱盡人間滄桑的古柏，人們無不稱奇叫絕。

那年，黃永玉在泉州開元寺巧遇弘一法師。這段奇緣後來被人們演繹成他對法師持弟子禮、得真傳。而他自己的說法則是：上樹摘玉蘭花時被一老和尚發現，極不情願地下來後隨之來到禪房，

① 李輝《黃永玉談金庸：怎麼弄成武俠小說家了？》，《中國文化報》，二〇〇三年十月二十四日。

開始時並不知道這位貌不驚人的和尚竟是赫赫有名的弘一法師。雖然並沒有真的拜師學藝，但短暫的交往仍帶給他一些啟迪和不小的震撼。後來，弘一法師臨終前曾留給他一張條幅，上面寫着：「不為眾生求安樂，但願世人得離苦。」

十八歲時，黃永玉來到江西一個小藝術館裡工作。在那裡，他碰到了一位美麗大方的廣東姑娘張梅溪。為了將這位國民黨將軍的女兒追到手，黃永玉做了個小號，每天對着張梅溪嗚哩哇啦吹。半個月下來，就把姑娘的心吹軟了。有一天，他對張梅溪說：「如果有一個人愛你，你怎麼辦？」她就說：「要看是誰了。」黃永玉說：「那就是我了。」她回答：「好吧。」兩人對着傻笑，這一笑就笑了一生。張梅溪衝破家中阻力，與黃永玉私奔成婚，流落到了上海。後來，金庸聽說這段極具戲劇性的愛情故事，對黃永玉說：「如果換成今天，這是一段不錯的電影對白。」

當一座城市給一個人足夠的歸屬感，我們往往會說，這個城市有了屬於我的一扇窗。在異鄉，香港的九華徑，黃永玉擁有了這麼一扇窗。九華徑為香港新界葵青區的一個地方，在黃永玉記憶裡它的名字還叫狗爬徑——因為舊時山路極陡斜，村民及野狗上山時都似爬行模樣，後來因名稱不雅而改作九華徑。九華徑村，是當初不少左派文化人士在香港避難時的聚集地，租金便宜。

黃永玉說：「那是一個海灣，主要的是便宜，很多的重要的文化人都在那，郭老（郭沫若）、茅盾都在，各種各樣來的人，我都幫他找房子，後來他們開玩笑叫我作保長。香港的本土作家同我都有來往，比如蔡瀾、金庸。」

當年，荔枝角九華徑所在的小海灣還不熱鬧，不少星期天前來遊玩的人都提了漁網、水桶、釣竿之類的東西，把這裡當做是荒蕪人烟的探險尋寶的地方。村外鄰海灣的土地還是農田，春夏秋冬都有村民勞動，牽着黃水牛來來往往。

黃永玉在香港九華徑的家很小，屋內唯一的窗口上裝有鐵欄杆。他特意買來一些彩色的印度窗簾，掛在窗戶上，把窗戶佈置得非常漂亮，連妻子張梅溪也禁不住讚嘆不已。黃永玉甚至給香港棲居的屋子取了詩意的名字：破落美麗的天堂。其間，喬冠華、胡風、臧克家等人都是常客。一九五〇年，金庸新婚不久，曾帶着妻子來黃永玉租住的地方與朋友聚會。

黃永玉說起過那天的情景：「他們不會講廣東話，誰要租房子，我就幫他們張羅，他們都叫我『保長』」。黃永玉還說，當年批判胡風的《論現實主義道路》，在香港開了座談會，晚上胡風就來找樓適夷發牢騷。「當時只有一層隔板，但我也聽不懂。到半夜時聊得餓了，他們就來找我借點點心。」①

① 姚勇《黃永玉的大公故事》，《大公報》，二〇一二年四月二十四日。

《新晚報》總編輯羅孚講過一件趣事：一家店名叫「美利堅」的童子雞做得很出名，黃永玉約金庸、梁羽生等朋友經常去，有一次吃到一半，大家發現口袋裡都沒有錢，大家顯得很尷尬。這時，黃永玉對着飯館裡飼養的熱帶魚畫了一張速寫，用手指頭蘸着醬油抹在畫上，算是着色，畫完後，金庸給在《星島日報》工作的葉靈鳳打了一個電話。沒過多久，葉靈鳳笑眯眯地來了，黃永玉交上畫，葉靈鳳預付稿費付清了飯錢，大家盡歡而散。

黃永玉名義上是編輯，實際上也承擔記者的工作，主要為新聞報道做插畫——大街上的汽車輾過一個小孩之後跑了，他馬上跑到現場畫個速寫，回來刻個木刻；趕上電車工人鬧罷工，他馬上就畫罷工；有個美國兵跑去找妓女，偷了妓女的東西跑了，他就畫一個哭訴的妓女。

對於因寫武俠小說而在華人文化中影響深遠的金庸，耿直風趣的黃永玉卻是如此評價：「那時寫影評是我先寫的，寫武俠小說也是陳文統（梁羽生原名）先寫的。那時大公報所屬《新晚報》銷路不好，為了吸引讀者，陳文統就到街上買了幾本武俠小說回來看，邊看邊寫。我們都當作笑話。」不過，黃永玉十分讚賞金庸和梁羽生後來在創作上取得的成就。

黃永玉回憶：「那時剛解放，他（指金庸）呀，就穿個花襯衫到北京，找喬冠華他們，要到外交部工作。我們知道後當做笑話講，其實他那是愛國和進步的表現。那時我們覺得他不懂事，一個黨外人士，怎麼可能當外交官呢。」當然，幸虧金庸沒當成外交官，要不，文學界也便少了一位大家。

有一次閑聊，金庸得知《邊城》作者沈從文是黃永玉的表叔，便對黃永玉說：「你的老家在湘西，抗戰時我在湘西住過兩年，當地漢人苗人沒一個不會唱歌，冬天的晚上，我和他們一齊圍着從地下挖起來的大樹根烤火，一面從火堆裡撿起烤熱了的紅薯吃，一面聽他們你歌我和地唱着，我就用鉛筆一首首地記錄下來，一共記錄了厚厚的三大冊，總數有一千餘首。湘西民風淳樸，風景也美，你可以寫寫他們，寫寫你過去的生活。」於是，黃永玉寫的一組家鄉特寫《火裡鳳凰》在《大公報》副刊上連載。文章描寫一九三七年以前的鳳凰人，自在地打發日子有如時時刻刻過年玩花燈，太陽下的風景在紅塵中自由、放蕩地活出真我。文中插圖由黃永玉親自執刀木刻，意韻無窮。

黃永玉的文章與他的繪畫風格相似，總要落到實處。中國畫一般講究實從虛生，飛白是最顯示功夫的地方。黃永玉的畫卻經常反其道而行之，很滿，他追求虛從實生，畫面中隱藏的趣味常常讓人難以捕捉。金庸在添加的編者按中寫道：「這組散記反映的是畫家的眼光、詩人的心靈，及小說家的手腕和筆觸，其間那種別緻的美、深邃的情，有與其表叔沈從文文筆暗合之處。」①

① 李輝《黃永玉：黑白之間，指責與自辯》，《書城》，二〇〇〇年七月號

針對溥傑稱中日關係恰如夫妻吵架、過一晚就好的說法，經歷過八年抗戰的黃永玉怒不可遏，忿忿然以毛筆寫下一篇《狗雜種，溥傑》，刊登在金庸主編的《大公報》副刊上。

還有一次，作家端木蕻良寫了一篇文章《畢卡索致張大千書》，金庸打算刊登，請黃永玉畫插圖。黃永玉給起了筆名叫「張大毛」，還畫了個小報頭。孰料，文章尚未見報，有人跑去告密，還叫個律師來警告時任《大公報》社長費彝民，說不得刊登這篇文章，要登的話就告你。後來才發現這告密人是個特務。

自從《大公報》連載《火裡鳳凰》之後，黃永玉跟金庸更加親近了。

（二）

一天下午，黃永玉和金庸、關�兩位朋友一起坐在咖啡館裡，商量着該如何應對一場狂風暴雨。那是一九五一年初，內地掀起知識份子思想改造的高潮，此風迅速刮到香港，黃永玉成了首批「槍打出頭鳥」的目標，因為一九四八年五月下旬，初到香港的黃永玉在香港大學圖書館舉辦了他人生中第一個正式的個人畫展，畫作有手印木刻集《烽火閩江》，自印木刻集《春山春水》，詩歌刻畫等二百多幅。兩年之後，香港《文匯報》、《大公報》連續發表四篇批評文章，指責他一九四五年前後在江西信豐時，為詩人朋友野曼、彭燕郊、黎焚薰的詩歌刻插圖，朋友的詩歌如今成了「毒草」，他的插圖也就成了「毒畫」。黃永玉被推到了一個特殊的場景中，不得不為之否定自己，批判自己。

金庸因為欣賞黃永玉的畫作和文章，被視為一伙；後來成為香港名醫的關愫當時是香港大學的學生，因為幫助黃永玉辦展也遭受批評。三個年輕人不得不為之的同時，又有困惑與怨氣。金庸說：「大丈夫能屈能伸，暫且屈一下吧，我想，永玉兄能寫能畫，總有伸展出頭的那一天。」

三個人喝着咖啡，一起聊天，幫黃永玉出主意，商量着這份檢討書該怎麼寫。

過幾天，黃永玉在《大公報》上撰文《檢查我這次的畫展》，作自我解剖，自我鞭撻。他違心地寫道：「我的生活思想，還沿襲於二十年前舊家子弟的那種小趣味，和江湖浪蕩漢的、不負責、閑散的反嚴肅生活；感情上，無強烈的階級愛憎，有革命的願望，無堅定的立場，是自由主義和個人主義混合着的，登峰造極化身。因此，反映在作品上只能是一些貧弱的、架空的藝術形式。我很希望早點結束我這種創作生活，我將毫不可惜地拋棄我那些腐化發霉了的意識形態的作品，我將重新學習創作表現新的生活、新的主題的木刻。」①後來，黃永玉說，他的檢討實際上可算是

① 黃永玉《檢查我這次的畫展》，《大公報》，一九五二年八月十七日。

三人合作的成果。

相對於「文革」後期遭遇的批判貓頭鷹「黑畫」風波，香港的最初批評，對於黃永玉來說，僅算是一場讓人覺得意外的冷雨。但是，即便一場冷雨，卻也讓人措手不及，緊張萬分。黃永玉後來回憶說：「當時我熟悉的聶紺弩、臧克家他們那些人都到北京去了，感覺沒有人能保護我。這八年抗戰，我一個人背着行李到處走，從來沒有感到孤獨過，雖然人不在一起，但心在一起。這時卻感到孤獨。我留在香港，那麼賣力地工作，總想跟上時代，但卻給我潑冷水。我感到很委屈。那時沒有經驗，還是有些害怕。」①

除了心理上的害怕，還有生活上的壓力。此時，《大公報》的薪水在交了房租後已所剩無幾，黃永玉還得靠刻木刻、畫速寫、寫點散文投稿過日子。儘管生活依舊清苦，但黃永玉總是一個善於發現快樂的人。他居住的屋子很窄很小，但窗口很大，他驕傲地稱這個棲身之所為「破落美麗的天堂」。

黃永玉打算離開《大公報》時，金庸請求一位電影界的朋友幫忙，介紹他去了長城電影公司，讓他一邊參加美術活動，一邊擔任業餘編劇。由長城電影公司主辦的《長城畫報》，創刊於

① 黃永玉《檢查我這次的畫展》，《大公報》，一九五二年八月十七日。

一九五〇年八月一日，主編為長城公司的經理袁仰安。黃永玉在《長城畫報》上，分別以「黃永玉」、「永玉」、「張觀保」、「觀保」等筆名，發表了數十幅速寫，包括風景、演員肖像漫畫、影人日常生活等內容。劉琼、龔秋霞、顧而已、夏夢、石慧、舒適、韓非、陳娟娟、萬籟鳴、萬古蟾等，這些當時活躍於香港影壇的明星與導演，都成了黃永玉速寫的對象。

其間，黃永玉編劇的《海上故事》、《兒女經》被拍攝成電影，女明星石慧因在喜劇《兒女經》的表演而當選為最佳女演員。①金庸因為撰寫影評喜歡上了電影，後來也在長城電影公司任編劇，還導演過幾部影片。

一九五三年初，黃永玉的藝術靈感奔湧而出，他的木刻畫在香港漸漸有了名氣，很多人爭相購買。這時，黃永玉接到了表叔沈從文的來信，信中說：「你應速回，排除一切干擾雜念速回，參加這一人類歷史未有過又值得為之獻身的工作。」一九五三年的早春二月，黃永玉和張梅溪帶着七個月大的孩子離開香港到了北京，從北京火車站坐着古典的馬車到了沈從文的四合院。

從此，黃永玉與金庸各分南北，難得一見。然而，黃永玉卻是金庸第一部武俠小說《書劍恩仇錄》的第一讀者，他是捧着《新晚報》讀這部連載小說的，並且長期收藏着當年金庸漫談《書劍

① 李輝《黃永玉：香港電影的「搬運夫」和「鼓手」》，北京晚報，二〇〇九年十二月二十一日。

的那張報紙。金庸在文章中說：

……

後來情節慢慢發展，假如第一天寫得豁邊，第二天馬上想法子補救，東拉西扯，居然讀者們看得還有點興趣。前天遇到中聯公司的劉芳兄，他說，他與他太太天天爭來看，中聯很想拿它來改編電影。我一聽之下，頗有點受寵若驚的感覺。前幾天緬甸仰光一位曹先生寫信來說，仰光說書的人，有好幾位以《書劍》為壓軸，頗得聽眾歡迎。此書在海外並有兩家報紙逐日轉載，想不到遊戲文字，居然有人喜愛，難道：揮拳打鬥，竟是人之同嗜麼?朋友們常問我，書中人物是否全部憑空揑造，還是心中以某人為模型?我的答案是：有的寫生，有的想像。如悄李逵周綺，那就是我認識的一位小姐的寫照，此人綽號「胡塗大國手」。天真直爽，活潑可愛。這位小姐常讀《書劍》，常讚周綺有趣，而不知其有趣乃從她身上取出來者也。有一位朋友尤為熱心。他把《書劍》逐句細批細評，什麼「草蛇灰線法，橫雲斷峰法」把這部小說詳加分析，說得作者滿腹經綸，成竹在胸，此書出單行本時準備附印他的評注，這是由於他的文思周密，筆調雅緻，而不是由於他的「烏龍」——把我的胡思亂想說成刻意經營。有時文思忽告枯竭，接連數日寫得平淡乏味，此時最為難過。幸虧常接讀者來信，討論一場，鼓勵一番。寫武俠小說之樂，除了讓想像力自由發展之外，大概以此為最了。」①

文中所說的「朋友」，就是黃永玉。

（三）

黃永玉離開香港到北京，被安排在中央美術學院教授版畫。這段日子裡，黃永玉創作的木刻《春潮》、《阿詩瑪》轟動了中國畫壇。後來，黃永玉開始學習國畫，他喜歡上了梅花與荷花。他筆下的荷花，在形態、色彩、風韻上都獨具一格，令人眼前一亮。他喜歡養狗，喜歡音樂，喜歡玩，喜歡一切新鮮的事物，就像金庸筆下的「老頑童」。

在中央美院，黃永玉曾記下首任院長徐悲鴻和一位裸體模特老頭的對話。當徐悲鴻得知老頭曾是厨師時，說：「喔！厨房的大師傅，了不得！那您能辨什麼酒席呀？」老頭眼睛一亮，從容地說：「辨酒席不難，難的是炒青菜！」徐悲鴻聽了這句話，肅立起來說：「老人家呀，你這句話說得好呀！簡直就是『近乎道矣』！是呀，炒青菜才是真功夫，這和素描、速寫一樣嘛！」

徐悲鴻和裸體老頭的故事，經黃永玉轉述而為金庸所知。一九五八年，金庸在《射鵰英雄傳》

① 金庸《漫談〈書劍恩仇錄〉》，原載《新晚報》，一九五五年十月五日。

中寫了這樣的情節：「黃蓉噗哧一笑，說道：『七公，我最拿手的菜你還沒吃到呢。』洪七公又驚又喜，忙問：『什麼菜？什麼菜？』黃蓉道：『一時也說不盡，比如說炒白菜哪，蒸豆腐哪，炖雞蛋哪，白切肉哪。』洪七公品味之精，世間稀有，深知真正的烹調高手，愈是在最平常的菜餚之中，愈能顯出奇妙功夫，這道理與武學一般，能在平淡之中現神奇，才說得上是大宗匠的手段……」兩個故事，一真實，一虛構，實在太相像了。黃蓉如裸體老頭，小姑娘以精於「炒『白菜』」自矜，老頭子則以「炒『青』菜」為最難事。洪七公如徐悲鴻，皆認同所聞奇談。洪七公由廚藝聯想到武藝，徐悲鴻則由廚藝想到了畫藝。

一九六七年，「革命」的風暴刮起來之後，黃永玉被指控為反動學術權威受到批判，被遣送回家鄉鳳凰城。一九七三年，周恩來總理把一批所謂下放的畫家都請了回來，黃永玉參與北京飯店壁畫的創作。在啟程前往長江沿線寫生之前，在老朋友畫家許麟廬的家中，偶然間，黃永玉隨手在一個冊頁上畫了一只貓頭鷹——「睜一只眼閉一只眼」的貓頭鷹。

采風寫生結束返回北京後，黃永玉聽到一點風聲，說北京正在開展一個「批黑畫」運動，且擴大到全國追查「黑畫」，其實主要「黑畫」就是一張貓頭鷹。黃永玉聽了之後居然一點都不在乎，還懶洋洋地說：「唉，畫一張貓頭鷹算什麼呢？我也不經常畫貓頭鷹的嘛。」後來，他自己跑去看展覽，看看到底是幅什麼畫。一看，這只惹禍的「貓頭鷹」正是出自他的手筆。當時，台上的批鬥者說：「你這個人創作上從來不嚴肅，從來都是玩！」黃永玉大笑：「你小子要平時這麼說我，我一定請你吃西餐。你算是說出了藝術的真諦，畫畫當然是玩，不快樂的話，畫什麼畫呢？」

因為「黑畫」，黃永玉被關進了「牛棚」。一家人被趕進一間狹小的房子，房子緊挨別人家的牆，光線很差。張梅溪的身體本來就弱，加上黃永玉進「牛棚」的打擊，就病倒了。黃永玉心急如焚，請醫生給妻子診治，卻不見好，他靈機一動，在小屋的牆上畫了一個兩米多寬的大窗子，窗外是美麗的花草，還有明亮的太陽，頓時滿屋生輝，張梅溪心情一好，病也好了。

「文革」結束之後，步出煉獄的黃永玉當上了中國美術家協會副主席，盼來了他的黃金創作期：創作設計的金猴郵票成為炙手可熱的珍藏；在美國大都會博物館舉辦個人畫展；獲意大利總統頒發的「最高司令勳章」……一九八〇年，《黃永玉畫集》由香港美術家出版社出版。

金庸獲知老朋友復出，非常高興，在《明報晚報》撰寫了《讀黃永玉的畫》一文，深情地寫道：「黃永玉最愛畫的就是這些角色，就是平民老百姓，即使曾經英雄過，但現在倒霉落魄生活着的一些人。正因如此，黃永玉之畫的能量在香港是最接地氣的。」「他在造型、色彩上的運用，講故事的方法，都很有個人的特點，真有些讓人意想不到。但更想不到的是，離開大公以後，他進步了，還是一位文采風流的作家、詩人，是個全才。」①黃永玉先後出版了《罐齋雜記》、《芥末居雜記》、《太陽下的風景》以及長篇小說《無愁河的浪蕩漢子》等多部作品，一本散文集《比我老的老頭》風靡讀書界；其散文和小說筆調深沉，語言詼諧，寓意深刻，嬉笑怒罵皆成文章。

八十年代初，金庸訪問北京。一對老朋友相見，萬分高興。得知黃永玉三十年間屢遭劫難，金庸無限感慨。回香港後，當有記者提起《明報》因長期以來反對「左傾」遭恐嚇時，金庸又想起黃永玉，深有感觸地說：比之內地大多數的知識份子的遭遇，我們是幸運上萬倍了。在內地如黃永玉那樣反對「極左派」，那才是真正需要風骨和氣節。在香港抨擊「四人幫」和「極左派」，算不了什麼。「大陸成千上萬的人為了反對『極左派』而慘遭迫害，鬧得家破人亡，妻離子散。我們是躲在庇護所裡叫叫嚷嚷，有時慷慨激昂一番，有時冷嘲熱諷一番，那絕對不能跟人家相比。」②金庸十分敬佩黃永玉這樣的知識份子，覺得他們有膽識、有骨氣。

一九八八年，他黃永玉攜妻子回到闊別了三十五年的香港。在這個寬鬆的環境裡，黃永玉有了新的創作，也有了新的住宅。黃永玉的家位於香港太平山的半山腰，故取名為「山之半居」。「山

① 沈傑群《「鳳凰城浪子」黃永玉，在香港曾和金庸成同事》，《中國青年報》，二〇一八年七月十六日。
② 冷夏《文壇俠聖金庸傳》，廣東人民出版社，一九九五，第二三七頁。

之半居」成了香港的一個文化沙龍，黃永玉每天工作完了就會召朋友來聚聚，跟金庸一起喝喝咖啡聊聊天，覺得是一大樂事。

作為舊時同事，金庸在黃永玉的眼中是個「普普通通」的「傑出人物」，不愛說話。香港有一家電視台採訪黃永玉，他評價金庸說：「這個人是個很聰明、很有魄力的人，……他是很有意思的一個人……他是很內在的人……他是很可愛的人，很溫和的人，而且那種神奇的力量你都很難想像，他在念中學的時候，就出過全國發行的一本書，他在做中學生的時候就出版《中學匯考指南》，真是了不起，腦子真是好，同我們就不一樣了，我們看『匯考指南』也看不懂。」不過，與黃永玉一同在歷史波濤中起起伏伏的「武林高手」金庸，在黃永玉的嘴裡說出來，充滿了不可思議的意味：「我覺得以他的才能和智慧，怎麼去寫武俠小說呢？他應該做比這個重要得多的事情，這個人是很聰明，很有魄力的人，怎麼最後弄得成一個武俠小說的著名作家？在我來講是可惜了。」黃永玉對金庸武俠小說的評價，可不是一般的低，只是他看不起所有的武俠小說，金庸小說，他乾脆就沒看過。不看，並且為金庸惋惜不已。「直到現在，我還認為他不是寫這個東西（武俠小說）的料。」黃永玉說。①

① 李輝《黃永玉談金庸：怎麼弄成武俠小說家了？》，《中國文化報》，二〇〇三年十月二十四日。

一九九九年，黃永玉在香港大學博物館舉辦《流光五十年》個人畫展，金庸去捧場。兩人相見，黃永玉感慨萬分：「時光待人，快慢各不同……十幾歲的人一下變成七十歲的老頭。」他指着身旁的金庸，對大家說：「他比我大幾個月，那時我們都叫他小查。」金庸笑道：「現在恐怕沒有幾個人叫我小查了吧。」黃永玉說：「我還叫你『小查』得了！」

其時，黃永玉完成了大幅作品《春江花月夜》，畫的是夜晚的沱江。這幅畫以紅、綠、藍為基本色調，大家開始十分納悶：「夜晚的沱江有這麼絢爛嗎？」但是等到大家夜泛沱江時，燈火倒映，才發現沱江真是畫中的樣子。這幅《春江花月夜》以一百萬元的價格被金庸訂購。有人開玩笑地對黃永玉說：「你和金庸是老朋友，你就不給他打點折優惠一點？」黃永玉原則性很強：「朋友是朋友，但是畫價錢該多少就多少。」

對前來求畫者，黃永玉在鳳凰的家裡曾貼着一張有趣的告示，其中有這樣的妙語：「……畫、書法一律以現金交易為準。嚴禁攀親套交情陋習。人民的眼睛是雪亮的，老夫的眼睛雖有輕微老花，仍然還是雪亮的。鈔票面前，人人平等，不可亂了章法規矩。當場按件論價，鐵價不二，一言既出，駟馬難追，糾纏講價，即時照原價加一倍。再講價者放惡狗咬之，惡臉惡言相向，驅逐出院。」這絕非是玩笑，多年前，一位香港商人慕名前來，欲求購一幅畫收藏，談好十萬一幅。小氣的商人大概是為了省下些銀兩，突然向黃老提出，他和香港的金庸是好朋友，朋友的朋友自然也是朋友，看在這一緣份上，畫價可否再降一些。叼着烟斗的黃永玉眼睛都沒眨一下：「十五萬！」香港商人傻眼了，他以為是黃永玉不相信自己跟金庸是朋友，忙掏出手機撥通了金庸的電話，如此這般地說了一通。和黃永玉交往多年的金庸在電話那端早急了：「你趕快交錢吧！不然就漲到二十萬了！」①

到了晚年，金庸和黃永玉一同想到了死。金庸說：「老了以後，回到杭州去，死在浙江」，「在自己的墓誌銘上會這樣寫：這裡躺着一個人，在二十世紀、二十一世紀，他寫過十幾部武俠小說。他的小說有幾億人喜歡，他自己覺得這是一件好事。」②

聽說此事，黃永玉說：「如果我死了，我的墓碑上應該刻這幾個字：愛、憐憫、感恩。」「魯迅說，如果一個人不活在人的心上，他就真的是死了。為什麼要活在人的心上？有什麼理由你要活在人的心上呢？好像也沒什麼意思嘛。且不管這個，既不要骨灰，又不想活在人心上，你還想幹嘛呢？所以我對死有幾個方案：我死了，立即火化，火化完了，骨灰放到抽水馬桶裡，就在廁所舉辦個

① 唐藩《他，黃永玉，笑死個人》，《湖南廣播電視報》，二〇〇四年八月十一日。
② 吳菂《金庸夜談墓誌銘》，《錢江晚報》，二〇〇三年七月二十四日。

告別儀式，拉一下水箱，沖水、走人。可是，這個方案我的愛人反對，說會塞住水管的，還要找人來修，多麻煩，那就說明第一個不能用；第二個方案就是一小包一小包地包起來栽花，送給朋友。但是有個問題，就是這個朋友晚上睡覺的時候知道骨灰在花盆裡，會害怕，睡不着覺，那也沒有意思。我說，那只好讓朋友永遠痛恨我，咬牙切齒地罵我。我把骨灰糅在麵粉裡頭，包餃子給大家吃。哈哈！——完了宣佈：你們剛才吃的是黃永玉的骨灰！」說完，他仰頭大笑。①

現在的黃永玉，在意大利或中國的北京、香港和湘西的故鄉鳳凰游走，意大利畫家達・芬奇故居隔壁，就是他的別墅。北京數十畝占地的「萬荷堂」裡有他的狗和滿堂的荷葉荷花，愈老愈純真的老人，感受着童年般的快樂。二〇一四年四月，黃永玉入圍第十二屆華語文學傳媒大獎「年度傑出作家大獎」。他的自傳體小說《無愁河的浪蕩漢子》被稱為「一部宏大的交響樂」，雄壯、低迴，抒情、思辨，古典、先鋒，樣樣容納其中。

黃永玉與金庸同齡，抽雪茄、玩跑車，說起話來聲如洪鐘：大笑起來，隔幾百米都能聽見。開心時，便滿地打滾，常常深夜讀書寫字。

① 江華《黃永玉：愈老愈纯真》，《南方人物周刊》，二〇〇五年一月。

金庸喜歡「一床嬌眷」那幅畫
——「御用」畫家董培新

金庸有一位妙筆與丹青相遇的朋友，他就是香港人物畫家董培新。他用一支畫筆，將金庸武俠小說中的各式人物展現得活靈活現，讓武林英雄躍然紙上；他以傳統的水墨畫法融合素描寫生、透視法等西洋繪畫的技巧，再現了金庸劇情中的大俠神韻，把讀者帶進了「武俠世界」。他為金庸小說所作的國畫被用做了新修版《金庸作品集》的封面。

金庸對他稱讚有加，為他的畫集作序，稱「長期在心裡醞釀的藝術作品，一出來果然不同凡響」。

（一）

二十世紀五十年代，《明報》和《新報》相繼在香港創刊。一九五九年，金庸正在撰寫《神鵰俠侶》並在《明報》上連載，董培新正在《新報》和《藍皮書》上為武俠小說畫插畫。當年的《明報》還沒有形成自己的風格，還沒有成為政治上獨立的知識份子所熱愛的自由報紙。

自然而然，金庸注意起了董培新，並且開始欣賞他的作品，隨即向他拋出了「橄欖枝」：如果你為我的小說繪插畫，應當是相得益彰，大家都歡喜。邀請你來《明報》工作，稿費由每月八百元加到一千元。

那時，董培新剛到《新報》不久，要是被挖角到另一個地方，他覺得不太好。於是，董培新猶豫着去找《新報》社長羅斌。

《新報》和《明報》都是新起的小型報，都賣一毛錢，都以武俠小說為賣點，在香港這小小的市場上自然發生了競爭。羅斌自然不同意董培新去給金庸的小說繪插畫。

私下裡，董培新一直是金庸的好友，「那時候金庸先生工作壓力挺大的，差不多每個星期六都會有一個牌局，倪匡就邀請我去他家裡打牌」。①

董培新第一次去拜訪金庸，見他細長眼睛，方方正正的國字臉，不笑的時候顯得特別嚴肅，不免有點緊張；但金庸一開口，居然是：「有空到我家來打牌。」就這樣，董培新成了金庸家的常客。

金庸本性極活潑，喜歡熱鬧，他每周六都在家中設牌局，邀請朋友們來打撲克牌。他牌技又好，牌友的錢都被他贏去了，他會請大家吃飯，還買禮物哄輸錢的朋友開心。朋友們在他家就像在自

① 吳敏《金庸「御用」畫家董培新「畫說金庸」》，《南方日報》，二〇一一年八月十六日。

己家一樣，可以隨便胡鬧，金庸從不生氣。有一日打牌，董培新說：「我十六歲的時候就開始畫金庸，不過畫的是假金庸。」

金庸好奇：「噢，你說說，你怎麼會畫上假金庸的？」

話匣子一打開，董培新關不上了，便抖出了他的學畫故事——

董培新於一九四二年出生於廣西梧州，在廣州長大。他排行老二，還有六個兄弟姐妹，小時候生活十分困苦。

董培新從小就喜歡畫畫，初中就讀西關培英學校，帶他入門、令他癡迷繪畫的老師是何鐵良。當時，何老師給低年級上課時，拿着董培新的畫作展示，讓他大受鼓舞。何老師把學校美術室的鑰匙交給他，准許他隨時進畫室，讓他接觸了很多名畫，如法國印象派的畫、齊白石的畫作等。

一九五七年，才十五歲的他隨着父母來到香港。初到香港，董培新一家寄住在一層擠了三十多人的樓宇裡，每天守在播音盒子前聆聽《書劍恩仇錄》，一聽立馬就被迷住了，哪天要是沒聽到就茶不思飯不想。但是，廣播每天就播一點，很不過癮，他就跑到街上租書店租借了一套《書劍恩仇錄》。從此，董培新與金庸的武俠小說結下了不解之緣。

然而，他不得不直面生活的艱辛，迫切地希望找到一份可以糊口又跟繪畫有關的工作。幾個月後，朋友介紹他到嶺南畫派大師高奇峰的弟子蔡大可那裡當學徒。抱着有機會繼續學畫的念頭，董培新興高采烈地去了，然而，現實沒有他想像得那般順利、美好。

在蔡大可的身邊，董培新僅僅待了三個月，而生活、工作的環境可稱得上十分惡劣。「蔡老師是新會人，父親是當地的大富紳。當時的有錢人家有一個很不好、很笨的做法，為了防止青年子弟學壞，教兒子抽大烟，以此把他們圈在家裡。很不幸，蔡大可先生正是這樣一個少爺，他拜了著名嶺南畫派大家高奇峰為師，可除了畫畫，幾乎沒有生活能力。」董培新這樣描述當時的狀況，解放後，蔡家破敗，蔡大可逃到香港，只能靠畫畫為生，十分困頓，董培新正好在這時到他身邊當學徒。

這時的蔡大可住在一個鴉片烟館裡，董培新每天吃住在他身邊，吸了許多二手烟。屋裡的貓狗長期浸淫其中都染上烟癮，有時大烟被警察查獲，館內隨之停業幾日，董培新發現貓貓狗狗跟人一樣都坐立不安，十分痛苦。

蔡大可除了每月給學徒三五塊錢吃飯外，甚至無法支付十五元的月薪，扛着養家重擔的董培新，只好離去。

董培新的第一份正式工作是到強記書店畫插圖。畫的第一張畫是金庸的，不過，那是假金庸。

當時連載的金庸武俠小說「洛陽紙貴」，許多出版公司冒名出書，他畫的這一本叫《射鵰英雄前傳》。

那時，他只是一味地根據市場的需求來畫畫，為了資助家裡拼命地工作。為了迎合讀者的口味，他用多個筆名，用各種不同的繪畫手法來作畫，無意中成就了他過人的繪畫功力和融匯各派的畫法。這個時期，他還畫了不少偽梁羽生和偽古龍小說的插圖。在這裡，董培新開始走上沒日沒夜的職業創作生涯。

聽到這兒，金庸微笑着說：「你欣賞我的小說，我也欣賞你的繪畫，可惜了，你只能畫畫假金庸，沒有能夠畫上真金庸。這事不能怪你。」

後來，董培新從事電影美術，為「仙鶴港聯」影業公司設計電影主角的造型，再後來，他開始創作漫畫，合作過的作家包括倪匡、亦舒、古龍、臥龍生、諸葛青雲、嚴沁、岑凱倫等等，漫畫創作有「波士周時威」、「老千王」、「豪放女」、「朱義誠」、「鞋底秋」、「安定榮」等，高峰期擁有讀者達一百萬，可算是當時香港最知名的漫畫家了。

一九八九年，董培新移民加拿大。

（二）

一九九九年，年過八旬的金庸開始了對其武俠小說的第三次大修改，再詮筆下武俠世界。應了那句「緣來天注定，緣去人自奪」的老話，金庸的妙筆與董培新的丹青終於有了合璧的機遇。

以前，給金庸小說繪插畫的是姜雲行和王司馬兩位畫家。姜雲行用「雲君」的筆名，他的畫風細膩而生動，表現武俠小說中的動作和打鬥很見功力；王司馬的畫風富於人情味，很能表現人物的情感，讀者往往為他的繪畫所吸引，凝視畫中的人物，神馳高山大漠，投入人物的歡樂和哀傷。然而，王司馬在風華正茂之時以癌症去世，姜雲行也移民美洲，不再以他生動的繪畫和讀者相見。因而，金庸幾次回內地訪友，暗中物色着新的「御用」插圖畫家。

機緣巧合。二〇〇三年春，正在溫哥華的董培新打算為自己的六十歲生日補辦一場個人畫展，突然心血來潮冒出一個構思：以金庸小說為題材畫一些國畫。為此他向金庸問意見，金庸只回覆了一個「好」字。

「不可畫插畫，就畫國畫啦，沒有利益衝突了吧，哈哈……」董培新興奮不已。其實此時，《明報》與《新報》都換了主人。

其時，香港影視導演程小東從加拿大回到香港，他對金庸說：「在溫哥華忽然間看到董培新的畫，腦中就那麼的一閃，他筆下的金庸武俠人物，就直像我腦海中想像的人物，他描繪的場面正如我構思中的電影鏡頭。」

金庸笑說：「當年他與我擦肩而過，現在他水到渠成，了不得了！」

二〇〇四年底，董培新選擇在廣州這個成長的故鄉舉辦畫展，便在廣東畫院訂下了場地。他跑過去一看，當即驚呆了：這個展覽廳的展線長達一百三十五米，樓高七米多，手頭上的畫作根本不夠。

「沒有主題的展覽肯定沒法辦得好，所以我一定要為展覽找個主題。」董培新想起了幾十年前他和金庸聊的話。他想，金庸的小說素材很豐富，何不畫一畫金庸小說中的人物畫？有了這個意念後，他就立刻畫了張「在古墓中的小龍女與楊過」的畫寄給了金庸，說了將他的作品故事情節用中國畫來表達的願望。沒想到，金庸馬上就回覆了：「你放心去畫吧！」

就這樣，董培新一連畫了四十幅，有喬峰、楊過、小龍女、韋小寶……與小幅插畫不同，董培新畫的都是三四米的大畫，最大的有原張宣紙的大小。一幅畫耗時數周之久，他所傾注的心血跟尺素即興之作是不一樣的，視覺效果自然也是不一樣的。好在董培新曾經多年從事過電影美術的創作指導，所以，他對於場景的拿捏更是到位，畫筆下的那幾個大場面更顯得出色，看起來讓人頓有震撼感。相比之下，他的小品畫作，自然是被他自己的大片創作比了下去。

二〇〇五年十月，董培新的個人畫展先在廣州舉行，然後赴港澳展出。畫展來到香港時，金庸親自為他主持了揭幕儀式。陪着觀看畫展時，董培新跟他說：「我始終有些遺憾，當年沒有接受您的邀請去明報。幾十年來我很中意您的小說，但從沒為您的小說畫過插畫。」金庸微微一笑回答他：「我喜歡好的畫家。」

金庸一張一張仔仔細細地看着畫。看到「韋小寶一床嬌眷」那幅畫時，他異常喜歡。韋小寶在揚州妓院裡和眾女眷大被同眠，畫面上沒有猥褻和色情，讀者看到了滑稽、風趣和人物的玩鬧，那正是小說所要表達的情調。畫面和小說配合得非常合拍，金庸從心底和臉上露出了會心的微笑。

「這幅插圖畫的是韋小寶跟七個老婆在床上，我用了畫家和攝影師一般都不喜歡的角度——從下往上看，從下巴往上畫韋小寶的七個老婆。」聽了董培新的解說，金庸誇讚韋小寶這張圖「很有難度，角度很好」。

畫展之後，金庸一錘定音，接受他為新的「御用」插畫家。從此，董培新開始創作金庸作品的插畫。

提起畫筆，董培新精心構思了一系列金庸「俠客」主題的畫面，隨即一發不可收拾，繪出了不少金庸小說中的場面。蕭峰來到聚賢莊外，一場大戰還沒有展開，但劍拔弩張的氣勢已充滿了畫面的每一個角落：華山論劍，用淡淡的彩墨勾勒出群峰疊嶂，幾個綠豆大的小人遠遠地在山頂上飛舞，分明是文人雅士心中放情山水的呈現……這些場面是董培新在心裡醞釀了很久很久時日的，有的他已想了幾十年，有的他反反覆覆地修改，改了佈局，改了人物。六年裡，董培新創作了一百三十多幅金庸小說主題畫作。

二〇〇八年初，《金庸說部情節——董培新畫集》由台灣遠流出版社出版。「董培新繪作，金庸原著」，金庸剛拿到那本書的時候，就覺得有趣的緊：封面與腰封上的排名，一個年過花甲，一個歲近耄耋，推來讓去，「您來坐上首，您來大號字」，難以定奪。初看封面，讓讀者真不知道這一本書，究竟應該是叫《董培新畫集——金庸說部情節》好呢，還是叫《金庸說部情節——董培新畫集》才好。

這部畫集共收錄七十餘幅畫作，橫跨金庸十五部小說，均取其膾炙人口的經典場景與人物，如《天龍八部》的「聚賢莊大戰」、《書劍恩仇錄》的「乾隆西湖點花魁」、《倚天屠龍記》的「張無忌中毒長卷」等巨幅創作，其筆力萬鈞，氣魄懾人，讀者翻開拉頁，將視覺享受做到最足，氣勢伴隨感動油然而生。並且，根據華人閱讀習慣，採用「右翻直排」方式編排，且在每一幅畫作之側，摘錄一段相對應的小說原文，透過圖文的相互對照，完全體現金庸小說中獨特且濃郁的古典蘊味。

在序言裡，金庸對董培新稱讚有加：「董培新先生提起畫筆，繪出了不少金庸小說中的場面。那些場面是他在心裡醞釀了很久很久時日的。長期在心裡醞釀的藝術作品，一出來果然不同凡響。」「內地有許多畫家曾嘗試為金庸小說畫插畫，有的畫家功力很深、構圖很美，但他們都沒有董培新先生的創作成功。只因為，雖然是極好的畫家，但缺乏了在心中醞釀數十年的藝術培養。這數十年的醞釀、修正，使得藝術成熟了。這是自然的培養，天然的陶冶。這本冊子裡的每一幅畫，都是董培新先生在讀了金庸小說之後，在心中思考數十年或者十幾年的成果。」①

董培新卻說：「金庸他說好，挺中意的，不過，這因為他近來為人越來越謙遜客氣了，比起主持《明報》的那一陣子來，有些場面上的話語，簡直讓人將信將疑，所以，金庸他老先生叫好，是應該不算數的，眾人叫好才是彩頭。」這也是謙遜話。

二〇〇八年，金庸將第三次修改完成的十五部武俠小說作為最終定本，三月，廣州出版社出版《金庸作品集》（新修版），全套三十六冊的封面均選用董培新的金庸小說主題國畫，現代飄逸，其中如《喬峰血拼聚賢莊》、《乾隆皇西湖選美》等，磅礴驚人，筆力千鈞，金庸也嘆為觀止。

① 金庸《數十年的藝術醞釀》，《董培新畫說金庸》序言，廣州出版社，二〇一〇。

值得一提的是，生活壓力並沒有讓董培新放棄對名師和藝術的嚮往，他在一九九一年得以拜嶺南畫派代表人之一楊善深為師，研習中國畫。因而有評論說：「金庸新修版《金庸作品集》裡董培新畫的既是一張張插圖，也是一幅幅具有嶺南畫派風格的國畫作品，以水墨淋漓潑寫胸中的俠氣豪情，其工筆亦有極為雅氣的格調。」

（三）

董培新癡迷於畫說金庸，因為「金庸的書是越看越有味道的，我一直重看都看不厭，重新看的話會有另外一種品味，把所有的人物都融入了社會上，有社會上的人的影子，不過他用了誇張的方式表達社會的縮影、現代人的心理狀態、人與人的矛盾與無奈」。

董培新的一幅畫引起不少人的熱議，那就是小龍女睡在古墓中的圖畫。畫作中的小龍女眉毛甚粗、面色蒼白。整幅畫面全部冷色，偏偏朱唇一點紅，與電視中清秀的小龍女形象大相徑庭。

對於金庸作品的把握，董培新有自己獨特的見解。對此畫，董培新解釋說：「小說裡並沒有對小龍女有太多描述。只是說她是穿白衣的、很漂亮的女孩子。我畫畫的時候，就加上了自己的想法，小龍女在古墓裡長大，環境很陰暗，她也不用去見什麼人，她應該不懂得打扮，因為不需要。

因此眉毛很粗的時候不會去修，古墓裡常年不見陽光，她的皮膚一定很白。這本來是金庸先生給讀者留下的想像空間，但我要畫的，一定是最原始的形象。」

不多久，董培新到廣州的南國書院講學，透露了一個秘密：這幅畫是金庸首肯的。「我讀懂了金庸的小說，金庸先生也讀懂了我的畫。」①

董培新是以中國水墨來描繪金庸小說中的故事和人物，同時也融合素描、寫生、透視法等西洋繪畫的思想，既展現文人寫意的氣勢神韻，亦見工筆細繪、民俗意趣等多樣風格，所以他自稱是「中西合璧之作」。雖然他與古龍、倪匡等著名作家都合作過，但在董培新看來：「金庸先生的作品很好畫。」董培新說自己曾有七年時間從事電影的美術指導，很重視對人物的造型解讀，「一般都要把金庸的書看很多遍，雖然有些人物很早以前就已經熟識，但是還應該細讀小說裡的描述，再作推敲，力求還原最真實的人物形象」。金庸小說人物個個都性格鮮明，在董培新筆下，這些人物絲毫看不到雷同之感。他說自己繪畫時並不需要借助模特，「我都是在生活中觀察，每天走在路上也看，坐下來也看」。

是的，仔細讀過《董培新畫集——金庸說部情節》，也是可以有所感覺的。畫家揮毫，自然會

① 吳敏、鍾慧《用水墨再現金庸武俠江湖》，《南方日報》，二〇一一年八月十七日。

有剎那間的心緒感受，所以，那一冊子裡的七十來幅畫作，落筆風格並不一致，如「乾隆西湖點花魁」、「聚賢莊大戰前夕」、「韋小寶一床嬌眷」，不同風格的筆意盡顯，工筆勾勒、設色暈染、潑墨寫意，甚或，還可以讀到那些許浮世繪的語境，隱約其中，是最絕的。的確，只有如此，方才可以讓讀者們更仔細地讀董培新的水墨功底，以及其筆下那極具獨特構思的畫面氛圍營造，撲面躍入眼簾的盡是那些個故事多姿多彩 活色生香。董培新用最原始的方式理解着金庸的武俠世界。

在董培新看來，金庸小說除了有很多驚險的鬥爭，以及對人性與社會的描寫，更寫盡了人世種種。譬如他畫「不識張郎是張郎」，殷離最後見到張無忌，覺得現在這個張無忌，已經再也不是當初的那個。董培新說，有經歷的人都會明白這種感覺，所以金庸小說中其實處處都是這種閱盡人世沉浮的哲理。有時，他也會特別選擇去畫一些小說中很重要的轉折點，譬如黃蓉夜晚給小龍女梳頭，幾句話裡道出楊過是否真可以在古墓與愛人厮守一世的疑問，這直接導致了小龍女遠走，並引發後面更凄涼的故事。

對董培新來說，他每張畫裡最想捕捉到的，其實是一種金庸小說的神韻。

他說自己很幸運。「畫了這麼多年，從開始到現在，從來沒人給我指示，過去《新報》的老板沒給過，現在金庸先生也從來沒給我意見。他喜歡，但又不給意見，所以給了我自由的空間，對創作人來說，這是好事，因為不需要有任何顧忌。所以我也想說，多謝他放心。」董培新明白，金庸是喜歡自己的畫的。

人人心中都有自己的金庸，自己的「大俠」，董培新說既然無法統一，就按自己覺得爽快的方式去畫好了。金庸近年不斷對自己的作品進行修改，董培新稱自己的有些畫也跟着要變，「要不然讀者看了，會吃驚怎麼不一樣啊，有些衣服的顏色都不一樣了」。

（四）

董培新最近一次見到金庸是二〇一〇年九月，86歲的金庸考獲英國劍橋大學博士，董培新登門賀喜，並送書，他新出的畫集。

董培新這樣描述這位前輩：「仍然是那個喜歡熱鬧的老頭，還是喜歡喝酒。他是懂酒的人，懂得品味。耄耋之年，金庸惜墨如金，說得也少了，人們更多看到的，是他平和的笑容。這是一段華麗人生之後的沉澱，一如他筆下的英雄，曾經策馬奔騰轟轟烈烈，待到走過滄桑，將紅塵看遍，最後便歸於恬靜淡然。」① 那晚，兩人斟酌交杯至很晚。

① 胡婷婷《與老友的半世纪交情》，《老年日報》，二〇一六年三月二十日。

二〇一〇年是董培新的又一個豐收年。

九月，《董培新畫說金庸》一書由廣州出版社出版，畫冊收錄董培新繪金庸作品國畫八十八幅。相對於台灣遠流繁體版，新編簡體畫冊收錄了大量新繪作品，每一張都是「一面牆大小」的大畫，包括《天龍八部》中的「聚賢莊大戰前夕」、《鹿鼎記》的「韋小寶和他的一床家眷」以及《神鵰俠侶》中的「拜堂」和「斷腸崖」等為大眾熟知的大場面，問到為何專挑大場面作畫時，董培新笑說：「我喜歡挑有難度的，把故事裡最精彩的場面拿出來，我幾十年都在從事這種創作。」

無疑，以擅長的水墨人物畫，用情節的動感來表現金庸作品人物、體現金庸作品故事，董培新為第一人。

同月，在杭州舉辦的「董培新畫說金庸」畫展，是二〇一〇年中國國際錢江海寧觀潮節的系列活動之一。每幅畫作都凝聚了董培新無數的心血，創作一幅尺寸較長的畫，就需要整整三個月的時間。其中最大幅的兩幅畫作長達四米，分別是《書劍恩仇錄》的「乾隆皇西湖選妓」、《天龍八部》的「聚賢莊血戰前夕」。

九月二十二日，董培新訪問金庸故鄉浙江海寧，參加金庸書院落成典禮。金庸書院聘請金庸為院長。金庸在武俠小說處女作《書劍恩仇錄》中，提及乾隆的身世之謎就在海寧鹽官，以細膩的筆法刻畫了陳家洛離家十年後重返海寧觀潮的情境，字裡行間充滿對故園的遙望與思慕。為此，董培新向金庸書院贈送了八尺整幅壁畫《乾隆與陳家洛觀潮圖》。

這一年，第十六屆亞運會在廣州召開，中國郵政挑選了董培新的十二張金庸小說畫作，印行了《第十六屆亞運會比賽項目武術》「金庸武俠」個性化郵票在全國發行。郵票主票分別代表了亞運的十一個武術項目：散打、太極拳、太極劍、南拳、長拳、刀與棍、劍與槍、南棍、南刀，特別將金庸小說中的武俠元素與亞運會武術比賽項目相結合，配以金庸、董培新兩位大家的珍貴墨寶，惟妙惟肖地呈現出武術行雲流水般的意境，彰顯出亞運激情與和諧理念。

十月，董培新新作「朱元璋要和喬峰對打」亮相北京鳥巢，作為《天龍八部》話劇版的海報出現。「我感動的都畫了出來了，以後應該還會畫，不過要精挑細選。」

在不到五年的時間裡，董培新一共畫了一百六十多幅金庸丹青，本本小說都畫過。現在，董培新畫金庸畫的時候，幾乎可以做到不看原著，輕車駕熟，「那些畫面已經刻在腦海中了，信手拈來」。不過，董培新一再說自己看的是舊版本，而新版本的改動有很多，每逢此時，他就把人物資料和場景細節反覆核實，做到一絲不漏。

董培新的畫進入了金庸和不少藏家的收藏室，金庸本人收藏了兩幅，一幅是小龍女和楊過在古墓外練「玉女心經」，另一幅是「任我行被困在水底」。董培新說：「其中一張是我在廣州剛開始辦展覽時收藏的，另一張是前幾年。我要送給他，他說不行，堅持要給我錢。」

二〇一四年，《董培新畫說金庸》（增訂本）出版。二〇一七年二月，《董培新畫說金庸》（增訂本二）出版。畫幅增至一百三十餘幅，全是電影電視劇中從未出現過的畫面。澎湃的張力，細緻動人的筆墨，深刻的人物感情表達，鮮活的角色造型，將金庸故事的精華發揮得盡致淋漓。

金庸為他的武俠漫畫站台助陣

——漫畫界俠客李志清

有人說，一百個英國人心目中有一百個哈姆雷特，那麼可以說，一百個中國人心目中必定有一百個郭靖、黃蓉，金庸小說中的郭靖和黃蓉。

李志清筆下的郭靖和黃蓉，就如他蘸在宣紙上的墨，在這二十多年的時間裡，一點一點地暈出了不同的形狀與味道。李志清記不得畫了多少個郭靖、黃蓉和歐陽鋒，可他覺得，他還能畫出更多的、不同味道的郭靖、黃蓉和歐陽鋒⋯⋯

漫畫版《射鵰英雄傳》到台灣發行時，金庸親自赴台為李志清的簽名會站台助陣。

說李志清是漫畫界的「俠客」，一點都不過分，他的武俠漫畫開創了一套獨特的風格，把中國畫的意境帶到漫畫中，用水墨重現迷人的江湖。

(一)

一九九六年春，香港，李志清寓所的電話聲響起。

「你好啊，清兒先生。」是從北京大學打來的，一句清脆悅耳的女聲，她是日本早稻田大學文學部的教授岡崎由美女士，也是李志清的漫畫在日本走紅以後最先結識的一位女翻譯家。

「我在北京，做隱士，整天躲在校園裡。」沒有寒暄，岡崎由美直接說道：「我正在翻譯金庸先生的小說，這套日本版金庸全集需要有封面、插圖，我要漫畫的，你想不想畫？」岡崎由美是日本青年漢學家。

「當然，為什麼什麼不想呢？」李志清就這麼爽快地答應了。

「是啊，我在日本看到你的漫畫，很喜歡。」岡崎由美說。這年，作為交換學者她在北京大學呆了一年，主持翻譯金庸武俠小說，還專程去香港拜訪了金庸先生，並為此專門組織了一個翻譯組。她不無自豪地說：「中國的武俠小說從來沒有在日本介紹過，這是第一次嘗試……我現在是日本第一個翻譯介紹中國武俠小說的人。」

「那麼，我會是第一個漫畫金庸小說的人嗎？」李志清問。

回答是肯定的。

兩天後，李志清接到日本德間書屋打來的電話，正式邀請他為金庸全集的日本版繪製封面和插圖。「那時候，我感覺自己就像中了六合彩一樣興奮，因為金庸是我的偶像。」於是，這個春天，李志清像籠中之鳥一樣給鎖在宿舍裡，一邊埋頭閱讀金庸小說，一邊潑墨繪畫。

年底，《書劍恩仇錄》日文版出版，隨後，　間書店陸續出版了金庸小說的日文版全集，並且多次再版。日本譯者在翻譯金庸小說的時候並沒有按照中文版的卷數來劃分，他們將自己劃分的每一卷都取了個日本式的名字，各書章節的題目也與中文版不同。而李志清所繪封面和插圖忠於原著，畫風俊美細緻。他將國畫中的線條、用色、落墨技巧與漫畫技法相結合，豐富畫面的變化，達到情景交融的目的。

那天，金庸邀請李志清共進午餐。坐在金庸面前，他微笑地注視着這個傳說中的武林大俠，說：「查先生，其實我早該來拜會您了，只是俗務纏身，直到今天才有幸拜見，望先生諒解。」

金庸有點兒吃驚，從李志清進來的那一刻起，他已經仔細打量了一會，原以為這位在香港名聲很響的漫畫家會是一位老學究呢。

金庸伸出手握住了李志清，長久地注視着他的臉：「其實我與你神交已久了，只是沒有想到你還這麼年輕……」黑色T恤、藍色牛仔褲，戴黑框眼鏡，面前的李志清，顯得頗有文藝範兒。儘管作品蜚聲中國香港、台灣及日本等地，不過，因為他比較低調，他的名字很少見諸報端，所以，兩人所處一地，金庸還是第一次見他。

李志清笑了笑說：「也不小了，三十五歲了，我實在不想讓一些媒體記者把我抓了去解剖研究。」

金庸哈哈一笑說：「我都想把你解剖來研究研究呢。今天終於見到你了，我很高興，哈哈。」

「您不用解剖，其實我很想把自己推銷給您。」李志清滔滔不絕地說起了自己的學畫經歷。

李志清是香港人，一九六三年十月二十日生。八九歲開始學畫，一開始學臨摹，追求的是神似，那時，他很喜歡美國畫家安德魯·懷斯的蛋彩畫，覺得很寫實。至今他還記得第一次被畫感動的情景。那是十四歲的時候，他在圖書館翻到了美國寫實派畫家安德魯·懷斯的畫冊，每一個人臉上的表情都那麼真實。看着畫中人的動作表情，李志清感覺渾身毛細管都在擴張：「我沒有辦法忘記那時的感覺，我覺得，我也要畫那樣的畫。」①

當時，在香港，人人都愛看漫畫，對漫畫的需求自然也大。十八歲的時候，想做「藝術家」的李志清寄了作品到漫畫社，以漫畫助理的身份加入了「藝術圈」。兩年後，李志清升為漫畫主筆，開始自編自導自己的漫畫。其中，他創作了大量融合了鬼怪與武俠的漫畫如《怪異集》、《驚神》、《烈神》。之後他又不斷進修，既完成西洋畫課程，又先後跟隨三名水墨畫家和書法家學習。

「我從一九八一年開始畫漫畫，不同類型的都有，但是沒有機會接觸武俠漫畫創作。我跟公

① 顏亮《金庸、古龍「御用」漫畫師李志清》，《南方都市報》，二〇一三年八月二十一日。

司管理的人說，我想畫武俠漫畫，我可以讓武俠裡輕功很好的人物與鬼怪比武，公司覺得這個點子不錯，就接受了。這樣，我畫的漫畫有鬼怪也有武俠的元素。」李志清說。

後來，李志清成了香港漫畫界有名的「鬼古王」，他融合鬼怪與武俠的漫畫《驚神》、《烈神》、《鬼異傳奇》等在香港頗有影響。但李志清沒有被市場喜愛鬼故事及搞笑漫畫框住，他自辟新途，嘗試把水墨畫與鋼筆漫畫融合。最初，他為台灣真善美出版社繪畫古龍小說的封面。除了漫畫，他也熱愛水彩畫和水墨畫。一九九二年，李志清曾經憑一幅水彩畫，在香港「當代藝術雙年展」中獲獎。

「畫了幾年，一名日本出版家到香港來，看到我的作品，希望我和他們合作。當時我畫了很多歷史題材的作品，比如《三國志》、《孫子兵法》等，但到這時候還沒有創作武俠漫畫。直到去年，一位日本女士尋上了我，她是翻譯金庸武俠的教授，就找我為日文版金庸小說畫了插圖。」說着，李志清喝幹了金庸為他斟的一小杯白蘭地酒。

「在香港，我很小就在看您的武俠小說，大概十多歲就開始看了。您的小說都是表現武俠的精神。」李志清說：「在日常生活中，也有一些武俠的元素。在我的生活中，會接觸很多武俠的東西，比如我住的地方就有一個武館。後來，李小龍的功夫出現了，再後來表現武俠題材的電影、電視、漫畫開始流行。武俠其實講的主要是人的情感故事，人的俠義精神，有人性的元素在裡邊。」

這一頓午餐，李志清似乎身在雲裡霧裡，有一種升騰的感覺，只記得金庸為他簽了名，在他的書上寫下了一行字：「飄逸畫筆，圖風雲人物」。

（二）

一九九七年七月，香港回歸中國。

香港北角渣華道一九一號，明河社。金庸坐在辦公室的轉椅上，目光盯着桌面，上面攤着幾冊日文版金庸小說，李志清的插圖醒目地展開着。

李志清輕步入內：「查先生，您好！」說着，他深深地向金庸鞠了一躬。

「不必，不必了，愧不敢當啊！」金庸謙虛道：「我的若干部小說譯成日文在日本出版，得到相當滿意的反應。這些日文版由李先生繪畫插圖，頗受日本讀者的喜愛，認為比之一般日本漫畫更為細緻及生動，他們還認為畫中人物比之日本漫畫人物更加英俊美麗呢。」

「謝謝查先生，」李志清依然謙卑地說：「其實您才是我的偶像，不是我畫得有多好，是您作品中含蓄內斂的古典氣息感染了我，您的小說才是我取之不竭的靈感源泉。」

金庸請李志清落座：「你不必這麼謙虛，在香港，你的漫畫本身就是一面金字招牌了。你能替我的小說繪畫，我還是要好好感謝你！」

金庸自從一九九三年宣佈辭去明報企業有限公司董事局主席職務以後，將辦公室挪在了明河出版社。

金庸重新欣賞起桌面上的圖書插圖，他覺得，李志清畫的人物是很傳神的：黃蓉穿着一襲白裙，蕩着一葉扁舟去見郭靖，一葉扁舟從水中若隱若現，如幻如夢。李志清寫有旁注：「紅梅白雪，一葉扁舟徐徐蕩來，白茫茫中，白衣仙女下凡如夢如幻，傻兮兮的郭靖看得呆了。」金庸說：「傻兮兮的郭靖，說得多好，畫得真是有趣！」

金庸笑得很爽朗，然後問：「你的畫究竟屬於哪個流派的？」

李志清答道：「我學過水彩畫，追求的是色彩，偏愛印象派。又突然愛上中國水墨畫，尤其喜歡八大山人和石濤的作品。後來，我讀日本漫畫，像藤子不二雄（《機器貓》的作者）、池上遼一（《男組》的作者），還有香港的漫畫作品。許多東西不停地吸收，融會貫通後，不知不覺就受了影響。許多東西其實是潛移默化的，並非因為崇拜某人或覺得某個流派好直接套用就行了。看多了，自然就會在不知不覺間拓寬自我的視野。」

金庸接過話題：「我小時候讀《三國演義》、《水滸傳》，喜歡找有插圖的來讀，因為中國古典小說寫人物不直接敘述其內心，單憑言語動作，人物精神自出，這是戲劇的手法，漫畫小說將這些言語動作用圖畫展現，戲劇和漫畫只表現角色的言語及動作，但內心生活自然而然地顯露出來。這是中國古典小說的高度技巧。」

李志清點點頭，說：「是的，我在學習香港電影中的分鏡處理場面，打鬥充滿動感，加上以中國歷史故事做題材，努力讓漫畫的每個畫面傳遞出人物的精神面貌。」李志清喜歡李安執導的香港電影，那種說故事的視角，那種純粹的武俠世界，正好和他畫漫畫的理念不謀而合。「如《臥虎藏龍》裡的武俠意境，無論竹林裡的追逐，還是飛檐走壁的輕功，都是實實在在的武俠世界，很美，沒有任何過度的元素。」

金庸聽着，不時地微微點頭，突然鄭重地說道：「志清兄，我和你不是粉絲與偶像的關係，不是的，我們是合作伙伴。」

「這……」李志清望着金庸，不得要領。

金庸笑了笑：「不錯，今天我是跟你商量合作的，是這樣的，這些年我修改小說，有修改就得有出版，除了出版新的全集，還得出版漫畫版的新專輯，然後參加香港書展。由於時間緊迫，我手中的人才吃緊，所以想請志清兄幫忙，介紹一位德才兼備而且會漫畫的人，最好是在日本得過漫畫大獎的人一起主持出版公司的運作。」說完，盯着他的臉看。

李志清眉頭一皺道：「您不是已經有一家出版社，還想再開一家？看來您對香港的圖書市場信心十足啊！」

金庸道：「不，我看好的是你的漫畫。我覺得，武俠加上漫畫，出版業會做得更好，是有前途的，往後我還有一些圖書出版。你來吧，與其讓你介紹他人，還不如你來一塊做，你來吧，做我的合作伙伴。」

李志清沉吟了一會：「呵呵，趕鴨子上架啊，我都想不出來拒絕你的理由了。」無意中，他將「您」改成了「你」。

金庸又說：「至於全集的新版本，我等一下把中文版留給你，如果你認為還過得去，就可以着手畫插圖了。」說着打電話召來了潘耀明。

一九九八年初，李志清與金庸的明河社合組明河（創文）出版社。

一九九九年，李志清將百多張為金庸日文版所畫的插圖出版成《李志清俠士圖》，很快成為廣大金庸迷的珍藏。二〇〇二年，漫畫版《射鵰英雄傳》出版，這是李志清自組公司推出的第一部漫畫，他先用鉛筆勾勒出人物外形，然後再用筆落墨。他的表達手法除了運用豐富的電影感分鏡外，更揉合中西甚至國畫的表現手法，描繪細膩。因此，二〇〇一年四月二十三日，該漫畫在台灣地區發行，金庸還親自赴台為李志清的簽名會站台助陣。①

二〇〇四年，漫畫版《笑傲江湖》出版，作品中洋溢着濃厚的東方情懷，將國畫中的線條、用色、落墨技巧與漫畫技法相結合，豐富畫面的變化，達到情景交融的目的。淡淡的水墨畫風格更是深得中國傳統文化的精髓，與金庸作品中含蓄內斂的古典氣息相得益彰，江湖人物以一種全新面目展現在讀者面前。他的畫要讀，要聽，也要品，因為裡面有情境，有樂趣，更有意境。

李志清說，金庸是個很謙虛的人，在給他的信中都會稱他為「志清兄」。而且，金庸從不會對畫提任何要求，放手讓李志清畫。「我只記得他唯一的要求是，漫畫版要盡量忠於原著，少改動。」

儘管金庸對李志清的畫沒有提過任何要求，但這份信任也讓李志清倍感壓力。每次提起筆來畫金庸人物，哪怕是畫過上百遍的人物，他還是會默默回想書中的情節，甚至有時候還會重新看一次書來尋找靈感。「其實書裡關於每個人的外表描寫都大同小異，不同的是情節塑造出來的性格和氣質，這才是突出這幅畫的關鍵。」比如，怎麼畫出張無忌和令狐冲的區別？李志清會想像，

① 姜夢詩《金庸先生首肯的漫畫家》，《晶報》，二〇一二年三月十日。

張無忌是個優柔寡斷的人，出門前也一定會多照幾次鏡子，打扮得整齊才出現。而令狐沖就是個瀟灑不羈的人，並不太在意自己的形象。所以，畫令狐沖的時候，往往是凌亂的長髮，有幾根頭髮會隨風飄起來；而張無忌，頭髮肯定是梳得整整齊齊，沒有凌亂的髮絲。「張無忌會不會有根飄出來的頭髮，就這個問題我也會思考半天，這些細節才是畫的精髓和精神。如果一百幅畫都千篇一律，每個張無忌都一模一樣，那是叫匠氣，而不是藝術。」①

金庸很少說好和不好，但每次李志清寄給金庸的書，他都會看完並題字。某一天，李志清突然收到金庸寄來的新作《金庸散文》，扉頁上寫着：「李志清先生，可惜這本書沒有你的插畫。」這番話，讓李志清一直感動至今。

（三）

二〇〇七年，李志清四十四歲。

六月裡的一天，李志清正和太太、朋友吃飯，突然接到了日本駐香港領事館的電話，說他的作品獲獎了。當時，他一下子沒反應過來，只是很機械地說着：「哦，好的，謝謝。」朋友好奇，

① 梁靜《李志清：張無忌會不會有根飄出來的頭髮？》，《新快報》，二〇一四年八月十四日。

問他怎麼回事，他回答說：「日本那邊說得獎了。」大家繼續吃飯。

過了一陣，李志清突然反應過來，日本外務省主辦的首屆國際漫畫獎可是有着「畫壇諾貝爾」之譽。「啊！！我得獎了！」朋友們也終於搞清了情況。原本一場普通的聚會，因為這個「天上掉下來」的喜訊，而變成了一場小型的慶功會。

七月二日，李志清在東京出席了「國際漫畫獎」的頒獎儀式，李志清的漫畫《孫子兵法》，在一百四十六部作品中脫穎而出，獲得最高榮譽之「最優秀作品獎」①。

一九九〇年，一個日本編輯在書攤上看到了李志清的漫畫，並被這種融合了中國傳統水墨的畫風所吸引。當時他們正打算在日本推出中國的四大名著漫畫，正在物色人畫《三國志》，李志清偏古風的漫畫正切合他們的需要。在這個契機下，李志清在日本推出了《三國志》、《孫子兵法》等漫畫。

《孫子兵法》改編自中國兵法家孫武的同名兵法書，描述兵書背後的傳奇故事，十冊分別以作戰、謀反、軍形、兵勢、虛實、軍爭、九變、行軍、地形、九地、火攻、離間等兵法名命名。

李志清用深入淺出的筆調和強烈的節奏感，描繪了中國春秋時期軍事家孫子的一生。為畫好作品，

① 謝哲《李志清：水墨漫畫新風采》，《羊城晚報》，二〇〇九年六月十二日。

李志清反覆閱讀《孫子兵法》原著，並下了很大工夫研究孫子的生平。他以出眾的水墨畫畫風表現故事內容，傳遞人物精神。如伍子胥鞭屍一幕，為反映其復仇心態，他繪畫時把人物的眼神刻畫得特別凶。而孫子的性格是「攻心計、有智能」，作品要表達其內斂的神情。

二〇〇六年九月，日本將《孫子兵法》的前兩冊翻譯成日文並出版，並在十月到十二月又出版了第三冊到第五冊。這套用中國傳統水墨技法精心繪製的漫畫至今已在日本賣出了數十萬冊，這樣的成績讓不少日本漫畫作家羨慕不已。

「李志清開拓出一套獨特的漫畫風格，以中國水墨結合現代繪畫風格，演繹中國傳統歷史。」日本讀者這樣評介李志清。李志清獲獎，在香港也引起了不小的震動。文化評論員彭志銘說：「李志清以出眾的水墨畫畫風在港漫畫界鶴立雞群。他採取香港式電影分鏡處理場面，打鬥充滿動感，加上以中國歷史故事做題材，故可力壓外國對手。」

在日本遊學了十天，一回到中國香港，李志清馬上趕往北角渣華道，拜訪好幾個月不曾逢面的金庸。二〇〇七年五月，金庸取得劍橋大學歷史碩士學位，他親赴劍橋領取學位證書。隨後赴台灣，參加政治大學八十周年校慶，訪友、演講，不在香港，李志清不曾告訴他獲獎消息。

「我在台灣，看到你一九九五年出版的漫畫書《孫子攻略》，還聽說獲得台灣的小太陽獎。沒想到，

《孫子兵法》也在日本拿了大獎。說實話，我當時很驚訝，我甚至不相信香港漫畫能夠打入日本市場，但是我讀過你的書以後，我發現我錯了。噢，香港漫畫通常給人武打過多的印象，但《孫子兵法》頗具故事性，又是日本人熟悉的題材，非常符合漫畫可以給人感動、讓人類歷史更為豐富的特質。」

金庸侃侃而談，在朋友面前，他是一個很健談的人。

李志清說，在日本的十天裡，與日本漫畫家們懇談交流，還參觀了東京秋葉原等地，訪問了日本「漫畫之父」手塚治虫博物館，這令他受益匪淺。

他對金庸說：「我比較喜歡舊的東西，像古董等；有些人認為古裝沒什麼好畫，但我卻不同意，像造型、背景等都可以充分發揮作者的風格。此外，我的性格有時也很多愁善感，所以我也喜歡寫情。」李志清作品中洋溢着濃厚的東方情懷，如果說《孫子兵法》畫集體現了中國人在戰爭中的謀略與智慧，那麼《射鵰英雄傳》中所畫的便是中國人那種豪氣千秋、為義捨身的情操，這正是中國傳統文化精神的精粹。

無意中，兩人探討起了香港漫畫的前途問題。

金庸問：「目前香港漫畫發展遇到瓶頸，你怎麼看？」

「不僅是香港，漫畫大國日本也這樣，他們的漫畫雜誌下滑得很厲害，因為大家慢慢都喜歡到互聯網或者手機上去看漫畫了，這是時代的轉變，沒有誰能夠抗拒這個潮流。」李志清說：「要使香港漫畫從固有的形式中走出來，我以為是為漫畫注入藝術元素，比如將國畫中的線條、用色、落墨技巧與漫畫技法相結合，豐富畫面的變化，達到情景交融的目的。」

金庸又問：「你是說漫畫可以離開武俠？」

「對，眼下的香港漫畫市場急需尋求新的轉變和突破，無論題材或形式，才能開創新的局面。年輕人的口味和以往其實沒有太大的不同，內在元素不外是歷險、友情、愛情或勵志之類，只是時代改變了，需要不同的表現形式或包裝。」他說：「一九九七年香港回歸後，香港漫畫就開始了『北上』進程。中國內地是一個龐大市場，所有的香港作者都希望自己作品在這個市場上流傳。」

李志清這樣說，也這樣做了。由金庸親筆授權，他創作了十幅《天龍八部》經典人物個性化郵票圖，並配以「琴棋書畫」等多套高價值郵票。

「中國武俠第一品牌」廣州市朗聲圖書的編輯部，徵得他的特別允准和支持，授權使用他的經典金庸武俠人物畫，用以製作個性化武俠檯曆。

二〇一三年八月十九日，李志清帶着他的《射鵰英雄傳》、《笑傲江湖》等作品，來到廣州琶洲會展中心「武俠館」與讀者見面，同時展出的還有《古龍精品集》，在這套精品集中，李志清專門重新繪製了封面及一百多幅插圖，他還帶來了以金庸為主題的景德鎮陶瓷畫，讓武俠迷大飽眼福。

志清是古龍和金庸的「御用」漫畫師，與兩位武俠大家均有數十年的合作。在介紹該如何畫武俠人物時，李志清稱，金庸與古龍的武俠世界完全不同，相對於古龍作品中的人物，金庸作品中的人物更容易把握。「《射鵰英雄傳》裡每一個角色都是一個臉譜化的角色，就像《三國志》一樣，誰是忠，誰是仁，誰是奸，都是很清晰的，就像寫在臉上。東邪西毒，南帝北丐，在我早期讀小說的時候，腦海裡已經形成了初步的印象：郭靖是俠義正氣，令狐冲是瀟灑。例如郭靖的精神面貌比較正直老實，他的外形由於是漫畫載體，我需要做美化處理，塑造出英俊帥氣的漫畫角色來吸引一般的讀者。其實我們更多的是把握角色的精神和內在靈魂的感覺。古龍筆下的人物就相對飄忽，難以捉摸，這對於我創作是有好處也有壞處，好處是你可以天馬行空地運用不同的表現手法表現一些較抽象的角色，可是這就未必符合每一個讀者心目中的角色形象。」

有人調諧地問他：「金庸先生有沒有否定過你的創作呢？」

李志清爽朗地回答：「他沒有，由於載體不同，漫畫必須在小說情節的基礎上進行再修正，漫畫需要因應情節的節奏來創作出高潮，針對不同的載體發揮特長，但我們不會修改原著的精神。

記得有一次我跟金庸先生一起吃飯，他只說了一句『盡量少改動我的作品』，我就回答：『查先生，不好意思，由於是漫畫的載體，我不得不做了些許的改編。』」①

李志清說道：「當前在香港，為武俠作品畫插圖的漫畫家，數量其實非常少。」究其原因，李志清說，首先，想要拿到金庸或古龍的授權就非常難，得到他的讚賞就更難了。如果沒有授權，在香港，任何漫畫家都不能以此為素材創作。李志清說道：「很多年輕漫畫家都喜歡把一些流行元素直接加進去，既不耐看，也不可能真正長久地流傳下去。」李志清強調，香港漫畫跟香港的武俠作品一樣，都產生於香港特定的環境和時代，有自己的特色，如果僅是簡單模仿日韓漫畫，肯定會格格不入。

早在二〇〇五年，上海文藝出版總社就與金庸達成了初步意向：將《天龍八部》、《神鵰俠侶》、《倚天屠龍記》、《笑傲江湖》四部金庸武俠小說的漫畫改編、出版、發行等圖書版權授予上海文藝出版總社。漫畫版金庸作品同樣由香港漫畫家李志清繪製。

二〇一四年七月，《水墨金庸——李志清畫集》由廣州中山大學出版社出版。畫集精選李志清在不同創作時期所繪製的經典作品，囊括金庸小說漫畫、金庸小說插圖及封面、大幅山水墨畫

① 左潔瓊《他用傳統水墨征服日本漫畫》，《廣州日報》，二〇一三年八月二十四日。

等一百九十餘幅，妙手丹青，令人回味。同時集結了作者的感性隨筆、對談暢言等文字資料，圖文並茂，從多個藝術角度反映出作者在繪畫領域所取得的成就，以及其不斷成長創新的心路歷程。

李志清覺得，為金庸小說畫封面、漫畫、插畫，都有一定的目的性，他希望以一種更自由的形式去創作。近年來，他開始了更多在漫畫、插畫之外的創作，一幅長達兩米的「紅花會」水墨畫更接近他心目中的「無所為而為」的理想境界。

二〇一七年九月二十九日，李志清獲得第十四屆中國動漫金龍獎中國動漫傑出貢獻獎。

跋

一口氣同時出幾部書，是需要才情的，蔣連根老師有此才情，可貴，我更佩服的是他的研究苦功夫。

我說的是蔣老師幾十年做記者的耕耘和在定性研究上的造詣。蔣老師的書，是紮紮實實的二十年定性研究（qualitative research）。通過深度訪談（In-depth Interview），通過滾雪球抽樣調查（snow ball sampling method），此書所展示的是他厚積薄發的幾十年所獲，是他深入瞭解金庸的不為人知的另一面真實人生。

滾雪球調查是一種定性研究的創新型方式。主要是通過社會關係的連結點，層層接近可以接觸到的核心調查人物圈。很多歐美社會學家和社會研究如今都很尊崇這種方式。可惜曲高和寡，這種通過層層接觸核心研究人物方法非常費時實力，而且需要機緣巧合。

從二十世紀八十年代開始，蔣老師不辭辛勞，通過做記者的人際圈子和在出版界的合作夥伴，一位一位地聯繫調查，一點一點地收集積累，如今寫書出版了他調查研究而收穫的故事。在《金庸自個兒的江湖》（香港繁體足本增訂版《金庸的江湖師友》）一書中，可見他調查之細緻，積累之詳實厚重。

通過金庸與家鄉的聯繫和身為記者的採訪便利，他直接對話金庸，從未止步於此，還在世界各處尤其兩岸三地，尋找到金庸的弟妹、兒女、朋友、親戚、秘書，與他們深度交流，訪談，收集資料。受訪人物之眾，體現了此書的價值所在。

訪談的方法之外，蔣老師還進行了田野調查。他走訪了金庸在海寧的老宅，也踏足了金庸更深沉的婺源老家，去考察去觀察去和金庸故里族人一起體驗金庸的過去。

蔣老師的書是一份深度定性研究報告，是基於多元材料的可信賴有價值的研究。他做到了三角證實（triangulation）。他的定性研究方法而言，是多樣的，是豐富的，是創造的，值得每一位定性研究人員學習。

他的常用方法包括了member checking（每次寫作金庸事蹟，都要通過無數金庸身邊的人認可，成書以後把書寄給金庸進行member checking看金庸是否認可），research resource triangulation（研究資料三角剖分），interviews（訪談，電話，走訪訪談，書信訪談等），field notes（蔣老師曬過筆記），memo（寫作分析），documents（各種報章文書，文字資料），art facts（各種檔文物物品，如他所拍攝的照片，人物走訪手機的藝術品資料等）。

如果能夠收集到這些第一手資料，蔣老師一定有很多很多心得。任何定性研究者都沒有「定型」的方法。在於研究者本身的智慧、堅持、忍耐、毅力、變通、巧妙、靈活等等。或許，記者的身份和經驗給了蔣老師開始的契機，但是能夠最後成書，其中辛苦不言而喻！

我看了蔣老師這些年分享的資料和寫作歷程，覺得雖然在中國，定性，也叫質性研究（qualitative research）年會才開第四屆。其實這種研究方法早就已經被蔣老師深度採用在此二書的成書過程之中，遠超歐美社會類研究者的二三年的粗調研。

最後，本書是蔣老師跨躍兩個世紀的「舊學」「新作」。他說這部書叫《金庸自個兒的江湖》（香港繁體足本增訂版《金庸的江湖師友》）。

黃婷

於美國明尼蘇達雙城大學

二〇一九年年十二月三日

（黃婷，旅美博士，畢業於美國愛荷華大學和羅徹斯特大學。現任教於美國明尼蘇達雙城大學，研究方向多元，主要為定性研究、種族歧視研究、中文教育、社會文化理論、古典文獻等。）

心一堂 金庸學研究叢書

《金庸武俠史記〈射鵰編〉三版變遷全紀錄》 王怡仁
《金庸武俠史記〈神鵰編〉三版變遷全紀錄》 王怡仁
《金庸武俠史記〈倚天編〉三版變遷全紀錄》 王怡仁
《金庸武俠史記〈天龍編〉三版變遷全紀錄》 王怡仁
《金庸武俠史記〈笑傲編〉三版變遷全紀錄》 王怡仁
《金庸武俠史記〈鹿鼎編〉三版變遷全紀錄》 王怡仁
《金庸群俠身心靈診療室——蝴蝶谷半仙給俠士俠女的七十七張身心靈處方箋》 王怡仁
《金庸武俠史記〈書劍編〉〈碧血編〉——探尋金庸的修訂心路》 辛先軍
《金庸武俠史記〈白・雪・飛・鴛・越・俠・連〉編——探尋金庸的修訂心路》 辛先軍
《金庸商管學——武俠商道（一）基礎篇》 歐懷琳
《金庸商管學——武俠商道（二）成道篇》 歐懷琳
《金庸小說中的佛理》 鄺萬禾

《金庸的江湖師友——作家良朋篇》（足本增訂版）　蔣連根
《金庸的江湖師友——師友同業篇》（足本增訂版）　蔣連根
《金庸的江湖師友——學界通人篇》（足本增訂版）　蔣連根
《金庸的江湖師友——明教精英篇》（足本增訂版）　蔣連根
《金庸的江湖師友——金學群豪篇》（足本增訂版）　蔣連根